文豪たちの釣旅

大岡玲《おおおか・あきら》

開高健
山本周五郎
幸田露伴
佐々木栄松
井伏鱒二
中村星湖
坂口安吾
立原正秋
戸川幸夫
尾崎一雄
岡倉天心
森下雨村
福田蘭童
池波正太郎
余は如何にして釣人となりし乎

文豪たちの釣旅

photo by Junji Takasago

早朝の菅沼

開高健

六十五センチの幻

二十メートルほど向こうで巨大な、そう、ゆうに六十五センチはあるレインボートラウトが、私をあざけるように雄渾なジャンプをした。

菅沼のレインボートラウト
photo by Junji Takasago

かいこうたけし
一九三〇年―一九八九年。大阪市生まれ。「寿屋」（現サントリー）宣伝部に勤務中の一九五七年『裸の王様』で芥川賞受賞。代表作に『パニック』『輝ける闇』『夏の闇』『玉、砕ける』、ベトナム戦争に従軍した『ベトナム戦記』、世界を釣り歩いた『オーパ！』などルポ、エッセイも多数。

群馬の片品村に菅沼《すげぬま》という湖があって、日本では珍しくかなりきびしい規則のもと、疑似餌のマス釣りが楽しめる、という噂を耳にしたのは一九九九年の春だったと思う。

生意気な話で書き記すのもうしろめたいのだが、当時の私は、フライフィッシングを習い覚えたばかりのずぶの素人のくせに、ダムや護岸で荒らされてしまった日本の川や湖にはロクな釣り場がない、そもそも行政のみならず釣人にも漁協にも自然保護の観点がまるでない、などとうそぶくイヤミなヤツだった。

もっとも、自己弁護になるが、そういう増上漫《ぞうじょうまん》を口にする素地をわずか数ヶ月の間に経験してしまったのだから、仕方ないと言えば言える。

フライをはじめた当初は、人並みに管理釣場でキャスティングの練習をしたり、しごくおとなしく東京近郊の小渓流に出かけたりしていた。いくぶんチャレンジングだったのは、解禁直後の芦ノ湖にでかけたことくらいだろうか。ところが、そこでまず、第一の幸運に遭遇した。交通事故みたいに、二キロクラスのレインボートラウトを釣ってしまったのである。

さらにその直後、南米にワインの取材に行くことになった。依頼をしてきたのは、少年時代から読みふけってきていた作家・開高健がかつて勤務していた酒造メーカーで、私自身もそれ以前に何度かその会社の広報雑誌に寄稿したり、その他いろいろのつきあいがある会社だった。
そもそも心根が卑しく、かつ夢寐《むび》にもフライ竿を振るほどかの釣りにのめりこんでいた私は、ここで思いっきりワガママを言った。せっかく南米に行くのだ。かの地は、開高さんが名著『オーパ』の舞台として選んだ土地である。そこに足を運んで、ただワインに酔っ払って帰ってくるだけというのは、「大開高」に私淑している身としては、なんとも切ない。どうあっても、釣竿を河の流れにさしのべたい。ついてはチリの南端フェゴ島のリオ・グランデ河など、いかがなものであろうか？

沙汰の限りとはこのことである。しかし、さすが「大開高」がかつて在籍した会社だ。私のわがままを、実に鷹揚に受け入れてくれた。狂喜乱舞して私は日程を変更し、南極からわずか千キロしか離れていない僻遠《へきえん》の河にいそいそ出かけたのだった。

日本から飛行機を乗り継いで、三十数時間。到着したチリ最南端の都市プンタ・アレーナスから、今度はマゼラン海峡をフェリーで横断し（通称パンダイルカの群れとの並走が愉快だ）、フエゴ島側の町ポルヴェニールに足を踏み入れる。だが、そこが終点ではない。リオ・グランデ河の上流域をめざして悪路を走破すること数時間で、ようやく河畔の小屋に到着する。漠々とした荒野にたたずむ、ほんとうに掛け値なしに小屋と呼ぶしかないその建物のすぐ裏手に、濃い藍色に見えるリオ・グランデ河が横たわっているのだ。

到着した日の夕刻から、三日と半日。強く冷たい南極風の中、思うにまかせないキャスティングに苦労しつつも、私は至福の境地にいた。重くゆったり流れる河に立ち込み、ひたすら竿を振る。あたりはどこまでもひろがる原野。見ているものといえば、ラクダと羊をかけ合わせたような南米原産のグアナコの群れのみ。そして、苦闘の末、幸運にも私は、かなりの大きさのブラウントラウトを釣り上げることができた。およそ百年前にイギリス人入植者に放流されて以来、自然に帰って大西洋と河を行き来し続けていた鱒と格闘できたのだ。

本格的な川デビューが、チリ南端の大自然。これでは増上慢の気持ちが膨れ上がるのも、いたしかたないだろう。夢はニュージーランドか、はたまたイエローストーン公園か、カナダの山深い湖か、となるのは釣人の性《さが》からいって自然の成り行きだ。解禁と同時に釣人が押し寄せ、あっと言う間に放流したての魚が釣りきられてしまう日本の河川に冷たくなるのは、ま、当然である（高飛車だねえ、どうも）。と、そんな態度になって帰国した私に、しかし、菅沼についての情報はかなり魅力的なものだった。

まず、解禁期間が夏のはじめから十月半ばまでと短い。しかも、放流したマスが充分野生化するまで待って湖を開けるから、ワクワクするファイトが期待できる。予約制で、岸からの釣りは禁止。二十艇のボートのみ（現在は、もう少し増えている）のキャパシティーしかない。ルアー、フライともにかえしのないバーブレスフックを使い、キャッチ&リリース・オンリー。できれば、魚を水から上げるなとのお達し。きわめつきは、解禁を一年おきにしていることだ。つまり、一年開けたら翌年は魚を休ませるために、釣りはさせない。一九九九年は、解禁初年度だったから、この年を逃すと二〇〇一年まで菅沼では釣りができない。

思わず唸ってしまった。素晴らしい！　どこの素敵な偏屈者がこんなことをしているのかしら、と思い調べてみると、勧進元は株式会社丸沼というところだった。丸沼温泉ホテル改め環湖荘を経営していて、丸沼と菅沼の大部分を所有し、さらに下流の大尻沼も管理しているとのこと。さらに探ると、かつて丸沼一体は群馬の富豪千明《ちぎら》家の所有だったらしい。なにしろ、沼田から日光まで他人の土地を踏まずに歩けたというのだから、ものすごい。

その千明氏、大正期に中禅寺湖からマスを丸沼に持ってきて養殖場を営んだ。そこに、彼の友人知人がやって来て「丸沼鱒釣会」を旗揚げしたのが、丸沼・菅沼のマス釣り発祥だというから、ずいぶん歴史がある。メンバーは、当時のいわゆる貴顕紳士、日本の民法学の基礎を作った土方寧、名門西園寺家の西園寺八郎、日本に初めてブラックバスを移入した実業家赤星鉄馬、のちの外務大臣・加藤高明などなど、そうそうたる顔ぶれだった。つまり、丸沼は大正期から昭和初期にかけて、有閑階級の遊び場だったのだ。

う〜む、畏《おそ》れ多い。私のごとき名もなき平民が訪れたりしてよいものかどうか……と一瞬思案したが、「釣りたい欲」がすぐに思案を蹴とばした。いやいや、今は平成の世。持ち主だって、株式会社に変わっている。平民のわたしが出かけたとて、何の不都合があろう。と、別に由緒ある土地に出かけたからといって、自分が偉くなるわけのものでもないのに、私は菅沼解禁初年度の夏の一日、奇跡的に予約が取れた釣り場へ貴族気分ででかけたのだった。

するとそこは、予想通り、いや予想以上に気分のいい場所だった。ボートはたしかに二十艇浮いてはいるが、沼などと謙遜する必要などさらさらない広々とした湖面に散っていて、うっかりするとさびしくなるくらいの釣人密度。水際まで迫るうっそうとした森が、太陽の光を反射して鮮やかな緑を形作り、そこここで鏡のような湖面に魚が虫を捕食するリングができる。崖の上を走る国道から、やや艶消《つやけ》しの車の排気音が響いてはくるが、魚が跳ねる音に集中している当方の耳は、無意識にその無粋な音をカットしている。

おおっ、でたッ！　静かに浮かべていた十四番のカディスフライに、大きなマスが食らいつき、右に左に疾走し、跳躍する。まさしく「大開高」の言う「輝ける虚無」と化した私がようよう引き寄せたレインボートラウトは、まるまると太った四十三センチ。力強いひれからキラキラ光る水滴をしたたらせる逸品だった。

この一匹で、私はいっぺんで菅沼の虜《とりこ》になってしまった。以来、といってもまだ三シーズンだけではあるが、かの釣り場がオープンする度に暇を見ては出かけることに相成った。また、菅沼の兄弟分である丸沼、大尻沼にも出かけ、とりわけ三兄弟の中では一番小柄な大尻沼の紅葉の景色にぞっこんになってしまった。

菅沼・丸沼に比べ、木々と水面の密着感がひときわ親密なこの湖に、平地より半月早くくる秋の日にボートを浮かべていただければ、私の言わんとすることが理解していただけるのではないかと思う。きれいな口をきくわけではないが、文字どおり燃え上がらんばかりに赤く、黄色く照り映える紅葉の中に身をひたしていると、マス釣りという大目的でさえどうでもよくなってしまうほどなのだ。

ともあれ、これらの釣り場がオープンする日を心待ちにしつつ、冬の禁漁期を過ごすのがこの五年の私の習性だったのだ。だが、ここが私にとってよりいっそう大きな意味を持つ場所だということに、実は今年になるまでうかつにも気づかずにいたのである。

今夏、菅沼のオープンからしばらくして出かけた折り、ここの総支配人である川田道紀さんと親しく話を交わした。彼こそ、菅沼をかくも素敵な場所に仕立て上げた中心人物なのだが、いろいろ話を伺っていると容易ならぬことをぼそりと洩らすではないか。曰く、開高さんとは何度も一緒に釣りをしましたよ。丸沼温泉ホテルをよく訪れていて、たしか丸沼で六十五センチのレインボーを上げていたなあ。

ええっ？　丸沼で？　はばかりながら、「大開高」の著作は、舐めるように暗記せんばかりに読みふけった私である。その記憶をまさぐってみても、新潟の奥只見湖（通称・銀山湖）のイワナや、釧路湿原のイトウの話はあったけれど、丸沼のレインボーは読んだ覚えがない。あり得ないような話だが、ひょっとして見落としたか？　おお、なんたる大失態！　と、あっという間に脳中を六十五センチの虹鱒に占拠された私は、この春、すなわち二〇〇三年の四月に開館したばかりの「開高健記念館」にすっ飛んでいった。

茅ヶ崎にあった「大開高」の自宅を改装したこの記念館には、彼の著作や草稿のほかに、生前愛用した釣具や獲物の剥製がところ狭しと並んでいて、私のごとき信者にとっては心躍り、また切なく胸ふたがるる聖地なのだが、それについて筆を費やすと原稿の量が倍になって紙幅に収まりきらなくなるから、とりあえずくだんの疑問の答えだけを記す。

出かけていった私に、記念館の事務局長である森さんと、サントリーの社員で記念会の副会長でもある吉澤さんが、一枚の記事のコピーを手渡してくれた。筆者は、開高さんのエッセイでおなじみの常見忠さん。奥只見の魚を育てる会代表にして、銀山湖の主。日経新聞に掲載されたその文章は、記念館の発足を祝い開高さんを偲ぶ内容だったのだが、その中に一九六九年常見さんと「大開高」が一緒に初釣行をしたのが丸沼であり、その時開高さんが覚えてまもないルアーで六十五センチのレインボーを仕留めた、とあるではないか。

うおお！　では、川田さんの話は、やはり本当だったのだ！　いや、本当だったどころの騒ぎではない。記念館から戻ってきて、念のため手元にある開高さんの著作をチェックしてみたら、なんと『フィッシュ・オン』のアラスカ篇に、キング・サーモン釣行の前年、丸沼に出かけたという記述がちゃんとあるではないか！「昨年の三月の末、桐生の常見さんという名人と氷の張った奥日光の丸沼にでかけ、トビーの十グラムを投げて、三時間めに六十五センチのニジマスをあげた。それは今日レッド・サーモンの子で釣ったのと同大であった。左腕の肘関節が凍《しば》れて疼《うず》くほど寒かったが、丸沼のマスはワカサギを食べてよく肥り、野性にかえっていて、強烈なたたかいを見せてくれた。」

「大開高」の著作は、舐めるように暗記せんばかりに読みふけった、が聞いて呆れる。キング・サーモンにばかり気をとられて、きちんと細部を把握していなかったとおぼしい。まったく、わが目の節穴ぶりには恥じ入るばかりだ……などと殊勝ぶり、ああ、恥ずかしい恥ずかしい、と頭をかかえるフリをしつつ、しかし、もう私の脳中は雄大な胴回りを持つ六十五センチのレインボー・トラウトの映像に占拠されてしまっていた。オレも釣ってやる、どうあっても釣らねばならぬ、である。

こうして、四十五歳の誕生日を二日後に控えた私は、秋深まりゆく十月十四日の丸沼に足を運んだのだった。

当日は小雨がぱらつく天気。しかし、こういう天気の方がマスの活性が上がっている場合が多いのは、釣人の常識である。私は、釣り道具を用意する間ももどかしく、正午を回ったばかりの湖面へと手漕ぎボートを出した。四日後に激しい遅発性筋肉痛に襲われることになるとは、神ならぬ身の知らぬこと。広い湖上をくまなく探っては、キャストを繰り返す。が、ノーバイト、ノーフィッシュ。小馬鹿にするかのように、魚たちが時折私がねらい定めて打ち込んだフライのすぐそばでライズする。

天上においでの開高さんに心からの祈願をしつつ、彼が六十五センチを釣りあげたポイント「毒蛇の岩」（「毒蛇はいそがない」という、開高さんお気に入りのタイのことわざにちなんだ命名らしい）を沖合から狙ってねばったのだが、お空にいる「大開高」はそれこそつれないそぶり。くそっ！シット！メルド！　エスクレメンティ！　なんで食いやがらねえんだ、この罰当たりどもめ！　と、世界を股にかけた釣行記である『フィッシュ・オン』のひそみにならい、さしてできもしない英・仏・イタリア語でマスを口汚くののしってみたが、やはりなんの効果もなし。

魚にしてみれば、本物の餌でさえないニセモノ鉤で引っかけようとしているおまえの方がよっぽど罰当たりだよ、と言い返すに決まっているさ、などという余裕ある態度・想念など、もう小指の先ほども残っていない。頭はひたすら熱くなり、それに比例して、もとから頼りないキャスティングの技術がますます拙劣になっていく。

やがてあたりは薄暗くなり、竿を収めなければならなくなった。がっくりして船着き場に戻る。舟を岸に引き上げようとしたその時、二十メートルほど向こう、通称「立木の森」の沖合で巨大な、そう、ゆうに六十センチはあるだろうレインボートラウトが、私をあざけるように雄渾なジャンプをした。激しい水音が響きわたり、それから湖面は静まり返った。私は、舌打ちすらできず、ゆっくり消えていく波紋をただぼうっと眺めていた。

煮えるとは、まさしくこのことだ。かつての丸沼温泉ホテル、現在の環湖荘の支配人井上氏に、開高さんが決まって宿泊していたという閑静な離れの部屋——しっとりした木立に囲まれた、いかにも昔風の落ち着いた旅館部屋だった——を見せてもらったあと、宿名物の虹マス風呂につかりながら、マスにとってはいささか筋違いで迷惑な復讐の念を、ふつふつとたぎらせた。

だが、ああ、神は、そして「大開高」は無情だ。絵にかいたような秋晴れとなった翌日も、マスは私にだまされてくれようとしない。輝く水面、燃え立つ色づいた木立。魚の存在を示す湖面の波紋。そうした素晴らしい背景、濃密に立ちこめる気配の中で、私はむやみにさおを振り回す一個の阿呆となってボートに立ちつくした。丸沼でダメなら、と、開高さんと同じところで釣るという初志をあっさり放棄して、ゲンがいいはずの菅沼に走ってみたが、状況はまったく好転しない。一度など、私のフライをいったんはくわえた魚が、ペッと吐きだす光景まで目の当たりにした。嘘じゃない。ほんとに、ペッとやったのだ。もう、ののしる元気もない。

午後遅く、すべてをあきらめた私は、今年は解禁されていない大尻沼の岸辺にたたずんでいた。せめてお気に入りの景色を、悔しさの名残りに記憶に刻みこんでおこうと思ったのだ。ふいに、晴れているのに霧雨がぱらついた。鮮やかな紅葉の景色が、一瞬紗《しゃ》をかけたようにかすむ。呼ばれるように視線を上げた。すると、湖の奥まった森の上に、二本の虹がかかっているではないか。息を呑むほどの、それは夢幻的な色だった。目の中に喰い込んでくるような木の葉の色づきのむこうに、あえかで儚《はかな》い、それゆえに神々しい懸け橋がある。

魚のレインボーにふられ、空のレインボーに慰められるってか? チェッ、てんでなっちゃねえや。

茫然としたあと気恥ずかしくなり、そんな風に毒づいてみた。が、それでも、瞬間顕現したあとみるみる消えていく虹から私は目を離さず、いつまでも眺め続けていた。

幸田露伴

なんちゃって文豪、鱸釣りに行くの記

生き物はごく短い時間をこの世に生き、
大いなる循環に呑み込まれ消えていく。

江戸前の鱸を和船で釣る

photo by Junji Takasago

こうだろはん
一八六七年―一九四七年。別号に蝸牛庵。尾崎紅葉・坪内逍遥・森鴎外とともに明治文学の一時代を築いた。漢籍や諸宗教に通じ、多くの随筆や史伝、古典研究を残した。とくに川での鱸釣りを好んだ。第一回文化勲章受賞。

明治・大正・昭和を生きた文豪・幸田露伴が晩年に書いた短篇に、「幻談」という作品がある。釣師としても年季が入った名人だった露伴が、ケイズ、つまり黒鯛《くろだい》釣りを背景に使って語った一種の怪異譚なのだが、自由自在で悠揚《ゆうよう》迫らぬ文章といい、下品なおどろおどろしさなどかけらもないのに、読後背筋がぞくっとする深みと哀しみ、そしてかすかなおかしみが漂うところなど、まさに名品と言っていいと思う。

十五年ほど前、筑摩書房で刊行していた『ちくま文学の森』という全十五巻のアンソロジー集で見つけて以来、時おりこの小説に目を通すのが癖になっている。二〇〇三年の暮れにも、何度目になるかわからない再読（再々再々再々再読くらいか?）をしたのだが、やはり、いい。読み返すたびに、細部が以前に読んだ時とは違った雰囲気で迫ってくる。さすがに、ここに全文を書き写すわけにはいかないから、さらっとあらすじを述べてみよう。

江戸時代も、まだ末にならない頃のこと。役職からははなれ小普請組に入っている、ごく人柄のよい旗本がいた。暇にまかせて、よく釣りに行く。掘割の多い本所住まいなので、心安い船頭に屋敷前まで舟を着けさせ、そうして潮の好い日には毎日のように黒鯛釣りに出かけていた。

ところがある時、潮回りはいいはずなのに、どういう加減か不漁が二日も続くことがあった。

気のいい船頭はやきもきするが、練れた人柄の武士は、こんなこともあるさ、と少しも騒がない。まるで魚の顔を見ないまま二日目が終わろうとする時分にも、くだんの武士は穏やかに舟を本所に戻すように命じた。

しかし、上客に釣らせてやれないのが悔しい船頭は、もう一箇所とねばる。それがかえってあだになり、大きなあたりがあるにはあったが、ゴミとも魚ともつかないそのあたりに負けて、武士の竿はミチリという音をたてて折れてしまう。だが、とんでもないしくじりをしてしまったと身の置き所もない船頭を、武士は少しもとがめず、やはりこれは、帰れっていうことだよ、と笑い、そうして舟は薄墨を流したような夕暮れの中を帰路につく。

その帰路の途中で、遠くでひょいっひょいっと水面から葦のようなものがとびだしているのを、ふたりの目がとらえる。なんだろうと近寄っていくと、縦に浮いたり沈んだりしていたのは、釣竿だった。それも、継ぎのない野布袋《のぼてい》竿の極上物。なにごころなくつかんだその竿をさらにたぐると、なんと下から水死人がくっついて上がってきたではないか。大川の黒鯛を狙っていた釣師が、どうも脳卒中かなにかで発作を起こし、そのまま川に落ちて死んだらしい。

ところがその死人、竿へのただならぬ執着がそうさせたのか、竿尻をしっかりにぎって離さない。武士は船頭に、持ち主ごとそのまま海にお返ししろというのだが、上客の竿を台なしにしたという申し訳なさがある船頭は、竿を取ったらどうかと強く勧める。武士も一度はためらったが、見れば見るほど調子のよさそうな竿なので、ついその気になり、とうとう水死人が固くにぎっているその指をぎくりと折って竿を取りあげてしまった。死人の方は、そのまま潮に乗って流れていった。

翌日になってその竿をあらためて眺めると、どうにもこうにもいい節回りの竹である。継ぎのない一本竿なのに、とても軽い。それでいてヤワなもろさは、まるでない。水中に長らく浸っていたはずなのに、水は一滴も中に入っていないのだ。死んだ老人がどうしても手から離そうとしなかった理由がわかると思いながら、その日も船頭と舟にのった。すると、昨日までの不漁が嘘のように、釣れるわ釣れるわ、むやみに調子のいい釣りになった。

やがて、竿じまいをして帰路につく。ふっと東の方に目をやると、昨日と同じくらいの薄暗さの中に、ひょいっひょいっと何かが水の中からとびだしながら近づいてくる……。武士は船頭のなんともいえない顔を見る。船頭も武士のなんともいえない顔をじっと見る。そして、武士は南無阿弥陀仏南無阿弥陀仏と念仏を唱えると、竿を海へ返してしまった。

……という話である。

どうです？　ちょっとゾクッとくるでしょう？　とりわけ釣師なら。

舞台設定はまるで異なっているが、『宝島』や『ジキル博士とハイド氏』の作者スティーヴンソンに、似たような趣向の「死体盗人」という怪奇短篇がある。露伴が若かった時代にイギリスで発表されたものだが、あるいは読んでいたかもしれない。

だが、まあ、その手の書誌学的な詮索は、この際どうでもいい。「幻談」の釣りの描写、蘊蓄《うんちく》がとてつもなくそそるのだ。たとえば、黒鯛の名前についての蘊蓄から、七福神のひとりである恵比寿さんに話が及ぶこんなくだり。

「今は皆様カイズカイズとおっしゃいますが、カイズは訛りで、ケイズが本当です。系図を言えば鯛《たい》の中《うち》、というので、系図鯛《けいずだい》を略してケイズという黒い鯛で、あの恵比寿《えびす》様が抱いていらっしゃるものです。イヤ、斯様《かよう》に申しますと、えびす様の抱いていらっしゃるのは赤い鯛ではないか、変なことばかり言う人だと、また叱られますか知れませんが、これは野必大《やひつだい》と申す博物の先生が申されたことです。第一えびす様が持っていられるようなああいう竿《さお》では赤い鯛は釣りませぬものです。黒鯛《くろだい》ならばああいう竿で丁度釣れますのです。」

こういうゆったりした文体で述べられる蘊蓄が、怪談噺の中にいくつも埋め込まれていて、それが全体のリズムを損なうことなく、かえってしみじみした情緒を生みだしているのだ。

この「恵比寿ウンチク」のあとにも、永代橋新大橋より上《かみ》で釣る川のケイズ釣り、鯨の髭で作った「いとかけ」に鈴をつけた「脈鈴」の用い方、あるいは苫《とま》を葺《ふ》いた櫓《ろ》舟に坐り、玉露や酒を楽しみつつ、着物を汚すこともなしに黒鯛の二段引きを楽しみつつ釣りあげる澪《みお》釣りの情景などなど、まことに魅力的な露伴の講義が展開されていて、ああ、際限なく引用したくなる！

いやいや、引用するどころの騒ぎではない。一気に火がついた。これはどうあっても、幸田露伴風の釣りがしたい！　それも今すぐ！　えっ？　真冬だから、そう都合よくはいかない？　てやんでえ、べらぼうめ！　思い立った釣師に明日はないんでい！　と、露伴先生なら顔をしかめるだろうベランメエ言葉で、誰が聞いているわけでもないのに息巻いてみる。

そもそも、無理難題に遭遇するとかえっていきりたってしゃにむに突っかかっていくという悪癖が、私にはある。子供の頃からずっとそうなのだ。たかが遊びであっても、思いついてしまえばしかたない。やってみないことには、収まりがつかないのである。

しかし、そうはいっても、何を釣ればいいのだろう？　釣り方は、可能かどうかは別にして、「幻談」式に櫓舟で江戸前の海に出て釣ればいいのはわかっている。問題は獲物だ。幸田露伴がもっとも好んだ釣りをやってみたい。

こんな時重宝なのは、作品社から数年前に出版された『日本の釣り文学』シリーズだ。私がもっとも信頼する編集者の一人、増子信一さんが丹精したアンソロジーである。ぱらぱらめくると、あったあった、幸田露伴の随筆がいくつか。それによると、彼はケイズ釣りやキス釣りなどいろいろ手を出したらしいが、一番打ち込んだのは川、とりわけ利根川の鱸《すずき》釣りだったようだ。初夏から初秋にかけて川にのぼってくる鱸を櫓舟で狙う。川の鱸ばかりに固執して、海の鱸には決して手を出さなかったというのである。

うーむ、困った。鱸は冬の最中に川に居残ったりはしていない。かといって、川の黒鯛釣りというのも、経験のない私にはまず無理だろう。キスじゃなんだか面白くない。ええい、構わん、どうせこっちは「なんちゃって文豪」なのだ、江戸前でさえあれば、海の鱸だってそれなりの気分にはなれる。……ということで、魚影は濃いはずの東京湾の鱸を釣ることにした。

そもそもの枠組みに厳格さを欠いたこの決定により、その他のしつらえも必然的に影響を受ける。たとえば、服装。「幻談」では、「上布の着物を着ていても釣ることが出来ます訳で」と書かれているが、上布とくれば麻の和服。そんなもの真冬に来たら凍えてしまう。かといって、一張羅の大島紬を釣りで台無しにはできないし、絣《かすり》だってもったいない。上に重ねるものも羽織じゃ寒いから、どてらにするか、といったんは思うが、それではあんまり艶消しだ。

野袴《のばかま》に厚手の木綿着物、和装コートなんていでたちも思い浮かんだが、そんなもの持ち合わせがない。結局、変哲のない普通の防寒釣り着となってしまった。

餌は、サイマキえびの生きのいいのが本寸法《ほんずんぽう》だが、高級天ぷら店でしかお目にかかれない逸品を鱸に進呈するのは惜しいので、アルゼンチン産の冷凍赤エビで我慢してもらう。意気込んだわりにはずいぶんみみっちくて、お里が知れる。

こうしてうずうず我慢しながら年を越し、七草粥を楽しむべき一月七日、深川の釣宿吉野屋の若主人・吉野吾朗さんに船頭になってもらい、櫓舟を隅田川、おっと、大川から出してもらった。苫葺《とまぶ》きでこそないが、胴中《どうなか》には座布団が敷き並べられ、いつも乗る遊漁船とは一味違っている。そのまん中あたりにあぐらをかいて、露伴の頃とはすっかり変わってしまった、工場や建築用のクレーン、高層ビルなどが建ち並ぶ湾岸の景色に目をやりつつ、それでも穏やかな波に揺られながら、羽田沖への道行きを楽しんだ。

いや、楽しんだ、と単純に言ってしまっては語弊《ごへい》がある。たしかに、海風に吹かれる爽快感や舟底をとおして伝わる波の感触は、私をくつろいだ気分にさせはする。だが、同時に埋め立て地を走り回る大型ダンプを間近に見、申しわけのようにぐるぐる回っている岸辺の風力発電用の風車を眺めていると、かすかな寂寥《せきりょう》感がこみ上げてくる。

露伴が目にしたであろう風景とは、まるで違っている景観にがっくりした、というわけではない。東京湾は馴染みの釣り場。見慣れた風景である。時代と共に、すべてが変わっていくのは仕方のないことだ。ただ、東京湾ではない、地方のどこかの海、昔とさほど変わっていない海に出たのだったら感じなかっただろう、時間の無情さ、ひとの営みのはかなさ、そして、そのはかなさとは裏腹の、不気味なまでの人間の増殖力をひしひしと実感し、憮然となったのではないかと思う。

生き物はごく短い時間をこの世に生き、大いなる循環に呑み込まれ消えていく。その宿命は、魚であろうが、その何倍何十倍の寿命を持つ人間であろうが、変わりはない。であるのに、人間の文明は個人の生命を超えて拡がり、過去を次々に現在で上塗りして消し去りながら、しかし、支配するテリトリーだけは確実に巨大化させ、その巨大化に比例してどこか荒れ果てていく。そんな印象を景色の中に読んだため、なのかもしれない。

そんな気分になってしまうと、楽しかるべき釣りもどこか中途半端なものになってしまう。いつもならルアーでバリバリ鱸を釣るポイントに、悠然とエビ餌釣りの糸を垂らして待っている間にも、よしなしごとが頭の中を通りすぎていく。

分解したテレビの部品をばらまいたようにも見える湾岸の景色の中では、櫓舟を操る吾朗船長のいなせなはっぴ姿もどこかもの哀しく感じられる。私にすぐれた過去幻視能力でもあれば、彼の姿をかつての東京湾にうまくはめ込むこともできるのだろうが、小説書きのくせに私にはその手の能力にとぼしい。現実の情景からうまく離れられないのである。

が、そうしてぼんやりしていた私の手に、かすかな魚信が。おっ、当たりだ！　さして経験のないへぼ餌釣師の鉤に、幸運にも魚がかかってくれたのだ。いなしながら上げてきてみると、鱸とまではいかないフッコが水面で暴れている。居つく場所こそ人間が作った環境の中で変わったかもしれないが、「生き方」そのものには変化がないだろうフッコ君に、にわかに愛惜《あいせき》の情がこみ上げる。とはいえ、そこは非情に水から抜き上げ、用意のバケツにおさまってもらった。

ところが、無事一匹を釣り上げたとたん、私は気が抜けてしまった。意気込んで「なんちゃって文豪釣り」に挑んだのではあるが、早々と戦意喪失。わがままとわかってはいたが、舟を返してもらうようお願いした。遊びというのは、まことにむずかしい。わき目もふらず、ただもう楽しむだけ、なんて仕業ができた若い頃がなつかしいし、恥ずかしい。歳をとると、気持ちがいろいろゴネ出し厄介きわまるのだ。

翌日、片づかない気持ちを澱のようにからだの中に残したまま、私は仕事机に向かった。ふっと、吸い寄せられるように視線が机の脇に落ちる。そこには、調べ散らしたままの『日本の釣り文学』シリーズが積んである。無意識に手が伸びて、『釣りと人生』と題された一冊を取っていた。付箋をつけた箇所を開くと、そこには幸田露伴の娘・幸田文の「鱸」というタイトルの随筆がある。父親の方の文章を調べるのに精を出していたので、付箋だけ貼って読まずにいたものだった。

「私が知つての父の釣りは、もうほとんど鱸つりにかたよつてゐた。」という書き出しに引き込まれるように、読みはじめる。穏やかでやさしく、それでいて凛とした風格のある美しい文章だ。

「父はよく畑の蜜柑がぽつ〱と蕾の頭を白くしはじめるを待つて楽しそうにしてゐたし、二百十日が過ぎ、二百二十日が過ぎると、そろ〱なごりの釣を惜しみはじめるにきまつてゐた」という記述や、「河の鱸を釣つて遊ぶつもりでゐるんだから、海ぢやあいやなんだ」「鱸といふ魚がほしいといふなら」「さかな屋の店へ行つて銭さへ出せばいい」と頑固を言う露伴の口調が、釣人・露伴の息づかいをまざまざと感じさせてくれる。

その頑固親父が、ある日「ひ弱くて甘つたれだつた」、そして、「あはれでかわゆくてたまらなかった」息子（幸田文の弟）を、鱸釣りに連れていった。近所の鮒釣では飽き足らなくなった彼が、大きな鱸を釣りたい、とせがんだからだった。

「三人の子を置いて母親が亡くなり、つゞいて総領娘も逝き、その後に新しく来た人もうまくそぐはず、その人も寂しく父子も寂しい」という暮らしの中でつまらなさを感じているだろう息子に、なんとかして楽しんでほしいという父心が通じたのか、「その日は天気も上々の釣日和で、夕がたの釣れ時には魚のはうでかぶりつ」いてくるほどの大漁で、息子は有頂天に楽しんだ。そして、自分の釣った魚を塩焼きですぐにも食べたいと催促し、「皿からはみ出す尾頭つきを頬張つて」「『うまいなあ』と笑った」。

そして、随筆の締めくくりの部分には、こうあった。

「父は何度この話をしたらう。よほどそのときの弟の笑ひ顔に心を絞られたものと見える。が、その話をしば〳〵話すやうになつたのは、その弟がはたちで亡くなつた後のことである。感傷もなにもなく、明るく懐かしく話したが、私には跡味が寂しく残された話なのである」。

別に涙を誘うような書きぶりをしているわけではない。ごく淡々としている。それなのに、私は涙をこらえきれなくなってしまった。何がどうと、はっきり理由を指摘できる涙ではない。ただもう、切なくなったのだ。たかが遊びの釣りが、生きることと痛切に交錯する時に放つ閃光。この世のすべてが、もろくはかない均衡の上に成り立っているからこそ、釣りでさえ時に哀切きわまりないものに変じる。明日をもしれぬ身の上の私たちにできるのは、とりあえずの幸せの中で笑ってみることだけ、なのかもしれない。

怪談からはじまって、勇んで文豪ごっこにでかけたはよかったが、いやはや、たらした釣鉤に思いがけず、重く哀しい大物がかかってしまった。釣りも人生もむずかしいからこそ、挑戦し、また、生きるに値する、などという生悟《なまざと》りを書きつけるほど破廉恥ではないつもりなので、きちんと釣りあげられそうもない大物にはどこぞの虚空に帰ってもらい、ここらで竿を収めることにしよう。

井伏鱒二

山椒魚の憂鬱

豪快なトローリングに興じる井伏鱒二なんて、どう考えても彼の性格にはしっくり来ない気がする。やはり、寂れた温泉町を流れる渓流で、孤独に糸を垂らす彼の姿を思い浮かべるのが、まっとうな筋道というものだ。

井伏が通った増富温泉の街並

photo by Junji Takasago

いぶせますじ

一九八九年―一九九三年。広島県生まれ。本名は滿壽二。筆名は釣り好きだったことから。一九二九年「山椒魚」で文壇に登場。『ジョン万次郎漂流記』(直木賞受賞)、『黒い雨』(野間文芸賞受賞)など。一九六六年、文化勲章受賞。

東京の中央線沿線にある三鷹という町で生まれ、二十代半ばまでその近辺で暮らしていた私にとって、井伏鱒二は埴谷雄高と並んで、いわば生きた伝説と言っていい存在だった。著名な、そして高齢の文学者で、マスコミの表舞台にはほとんど登場しないが、文壇的（当時はまだ、いわゆる文壇的な雰囲気が出版界に残っていたのだ）には重んじられている。その上、埴谷は中央線の駅でいうと三鷹の隣町の吉祥寺に住み、井伏鱒二はやや新宿よりの荻窪に居を構えていたから、少年だった私が妙な親近感をおぼえてもおかしくはない。

にもかかわらず、白状すると、日本の戦後文学を読みはじめた思春期の頃から今に至るまで、私はふたりの良き読者だったことは一度もない。埴谷雄高の畢生《ひっせい》の大作『死霊』なんて、読みはじめてすぐに放りだしてしまったし、井伏鱒二の方もそれよりは多少ましだが、『山椒魚』がせいぜい、『ジョン万次郎漂流記』も『黒い雨』も斜め読みした程度というお粗末さ。親近感を覚えているのになぜ読めなかったのか、という点については、いろいろ自己分析できないこともないのだが、まあ要するに親近感があるために、かえって読みもしないで読んだ気分になってしまっていたのだといっておけば、当たらずといえども遠からずだと思う。

ただし、井伏鱒二に限っていえば、渓流でのフライフィッシングを覚えた頃から、彼の釣りに関する随筆や小説のたぐいは、きちんと読むようになった。それも、私が大好きだった開高健が、そのエッセイの中で尊敬する先輩文士兼釣師として、井伏に何度となく言及していたから、という理由からなのだから、戦後文学を代表する作品のひとつである『黒い雨』の作者にはいささか申し訳ない。

だが、実際に読んでわかったのは、井伏の書くものには、いわく言いがたいなんとも奇妙な味わいがある、ということだった。彼の書く釣りの風景には、たとえば開高健が描く釣りのような、華やかで炸裂するような鮮烈さがあるわけではない。かといって、老大家らしい重厚さに満ちているというのでもない。たしかに、老人くさい趣《おもむき》はあるのだが、どこかいつも頼りなげで不安定だ。

その覚束《おぼつか》なさをたとえていうと、悪童連の中に立ち混じった身動きの鈍い不器用な少年、とでも形容すべき風情なのである。大先輩であり、文学史が認める大家にむかってこんなたとえを持ち出すのは、われながらどうかと思う。が、そう感じられてしまうのだからしかたない。一緒に遊んでいても、いつのまにか走り回る一群から落後してしまい、お、あいつ、どこにいったんだ？　しょうがねえなあ、捜しに行くか？　いいよいいよ、ほっとけほっとけ、という感じで見捨てられてしまう少年。そんな扱いをされてしまった少年のごとき雰囲気が、井伏鱒二の文章からは漂ってくる。

もちろん、置き去りにされた少年が、そのまましょげているわけではない。のろまな自分を呪い、内省的になり、それから仲間の少年たちを、内向する怒りでもっていじわるく観察する。その観察眼は鋭く、かなりはっきりと黒いユーモアが姿をあらわす。穏やかな人柄だったと伝えられる井伏だが、その作品にはどうしてどうして、自他ともに人間すべてを突き放した視線で眺める、ひやりとしたユーモアがある。しかも、その意地悪さには、バランスの取れない身勝手な言い分を装う感覚、いわば、常にいじめられている被害者の気分で文章を書いているかのような印象もあるのだ。少なくとも、書かれた文章の表面だけを見ていると……。

そうしたどす黒さが露出した作品の典型を例として挙げるなら、私は迷わず「白毛」の一篇を選ぶだろう。白い毛と書いてしらがと読ませる、エッセイとも短篇小説とも取れる文章で、岩波文庫の『川釣り』に収められている。昭和二十三年、井伏鱒二が先輩として面倒を見ていた（あえて傍点を付したのは、両者の関係は一筋縄ではいかない複雑怪奇な部分があったからだ）太宰治が、玉川上水で入水自殺を遂げた三ヵ月後の九月、『世界』誌上に発表されたこの一篇の出だしは、こんな風である。

「私の髪はこのごろしら白毛《しらが》が増え、顱頂部《ろちょうぶ》がすこし薄くなっているが、後頭部は毛が濃い上にバリバリするほど硬いのである。毛の太さも、後頭部の毛は額上の毛よりも三割がた太いようである。横鬢《よこびん》の毛はその中間の太さである。荻窪八丁通りの太陽堂釣具店主人の鑑定によると、私の白毛はテグス糸の四毛《もう》ぐらいの太さである。しかし太陽堂釣具店主人は、まだ私の白毛を抜いたり手にとって見たりしたのではない。ちょっと見ただけの、粗笨《ぞんざい》な鑑定によるものである。」

この出だしだけで、すでに奇妙なユーモアが感じられる。テグスと比べられた井伏の白髪は、釣具店の常連「魚キンさん」によって、さらに虫眼鏡で検証される。すると、彼の後頭部の毛はテグス四毛半、横鬢が四毛、額の上のそれは、正確に三毛と鑑定されるのだ。「最近「屈託している場合が多い」「私」は、「よく自分の額上の毛を抜きとって、無意識のうちにつなぎ合わせていることがあ」って、白毛が四、五本抜けると、釣り糸の漁師結びや二重テグス結びなどで一本に結び合わせてみるのである。

「私がこの方法で自分の白毛をつないでいる場合には、渓流の釣りの場面を心に思い描いているときが多いのである。しかし渓流の釣りを思いながら、私はよく不快な記憶に腹立たしくなって来ることがある。何ともいえない不快な記憶である」。

何ともいえない不快なというのは、普通あまり使うことのない尋常ではない強い表現である。

「私」は、では、どんな不愉快な目に遭ったのか。

広島の疎開先の村の谷川で、「私」はたまたま釣りに来ていたふたりの青年に出会う。彼らに話しかけられた「私」は、親切にその川のとっておきの穴場を教えてやり、そこでのうまい釣り方などを伝授する。だが、やがて青年たちは、途中の駅にテグスを忘れてきてしまったと騒ぎだし、呑んでいた酒の勢いも手伝って口論に発展する。

その様子をおそるおそるうかがっていた「私」は、「何か自分が発言する立場におかれていると思ったが、へたに口をきいてはいけないと警戒した。それで差障りない話題を持ち出す気で」、自分の少年時代にはテグスがわりに白い馬のしっぽの毛を使っていた、と前置きをして、馬を驚かせないで尻尾の毛を抜く方法を説明しはじめる。「人間の髪の毛を抜く気持ちで絶対にその手加減が必要である」などと付け加えながら。

すると、青年のひとりがふいに憎悪に満ちた顔つきになって、「こいつ、べらべらしゃべる男だよ。うるさいやつだ。――おい、おっさん、よくしゃべるな」と言い、しかも「白い馬の代わりに、おっさんの白毛を抜いてくれ」などと、とんでもないことを口にして迫ってきたのである。そして、「私」は、ふたりの青年に抱きすくめられ、むりやり「私の計算によると確かに三十五本」もの白毛を、テグス用に抜かれてしまったのだった。

厚意でつきあって、穴場まで親切に教えたのに、かえってひどい屈辱に見舞われる。どこかカフカ的な匂いもする不条理の世界。それが、この「白毛」なのだ。わけもわからず、突然豹変して危害を加えてくる他者という存在への恐怖。思えば、井伏鱒二は、「白毛」以外の作品、たとえば出世作となった『山椒魚』でも、この種の恐ろしさとおびえを書き記している。うがって考えるなら、彼が描く世界が、いつもどこか溌剌《はつらつ》としない老《ふ》けた印象を漂わせつつ、同時に覚束なげであるのは、人間存在に対する根源的な恐怖を彼が抱いていて、しかもそれを高みから見おろして批評したり、うっちゃったりする蛮勇はなく、ジクジクじめじめと生傷を舐めるように反芻《はんすう》して文章化していたからなのだ、と見ることが可能なのではないか。その「自分いじめ」をとおしての他者嫌悪が、「白毛」に代表される、どす黒い笑いを生みだしたのだ。

自虐という点をさらに掻《か》いぼるなら、「白毛」の「私」はたしかに憤っていて、青年ふたりを非難しているのだが、その筆致を眺めている読者は、同時に「べらべらしゃべる」「私」が、なんとなく無神経で気に触るヤツだ、という気分もかすかに味わう。もしかしたら、「私」にもいけない点があったかもしれない、と感じる。つまり、井伏鱒二は文章の表面では、あくまでも青年ふたりをならず者として描きだしているのに、その奥底では自分自身をむごい扱いをされてもしかたないような無器用者として造形しているのだ。隠微《いんび》で手の込んだ自虐の極致というべきか。太宰治の自死も、この作品の自虐性におそらく影を落としているのだろう。

もちろん、作者がこうした自分自身のねじれた構造に無自覚なまま、ふたりの青年（架空なのか本当にいたのかわからないが）を非難したくて書いた、という見方もあり得る。しかし、私にはそうは思えない。他者にひどい目に遭わされる自分も、結局は別のだれかを加害しているという認識、そしてその事実へのあきらめに満ちた苦笑いの感覚がなければ、「白毛」はもっと荒っぽいつまらない作品に仕上がってしまったにちがいない。

そんな風な視点で考えれば考えるほど、井伏鱒二は、つきあいやすいようなつきあいにくいような、調子のうまくつかめない不思議なタイプのヒトだったんだろうな、と思えてくる。ちなみに、井伏鱒二の他者恐怖については、猪瀬直樹の『ピカレスク— 太宰治伝』に詳細に記されているので、興味のある方はご一読されたい。

さて、引っ込み思案で自閉的、温和ではあってもできることならあまり人と深くかかわりたくない、という性癖が井伏鱒二にあったとしたら、趣味である釣りにもそうした傾向が反映していてもおかしくないだろう。たしかに、豪快なトローリングに興じる井伏鱒二なんて、どう考えても彼の性格にはしっくり来ない気がする。やはり、寂《さび》れた温泉町を流れる渓流で、孤独に糸を垂らす彼の姿を思い浮かべるのが、まっとうな筋道というものだ。

生来軽薄で騒がしい私のような人間には、その手の老人趣味はまったく似合わないのだが、せっかく「白毛」の世界に浸ったのだから、井伏的世界を味わってみるのも悪くないと思い、『川釣り』の文庫本を釣り用のバッグにほうり込み、彼がよく通ったという山梨の増富ラジウム温泉郷に足を運ぶことにした。といっても、何の趣向もなくでかけるのは面白くない。そこで、私も最近とみに増えた自分の白髪、もとい白毛を抜いてみることにした。渓流の餌釣りはほとんどやった経験がないので、白毛をテグスにするのはやめ、代わりにそれでドライフライを巻いた。十六番の鉤に白毛をタイイングし、名付けて「私の上を通り過ぎた歳月・カディス風」。……ダメだ、私はやはり渋い文士にはなれない。

ともあれ、二本の貴重なカディスフライを持ってやって来た増富温泉郷。……たしかに、ひなびている。大変申し訳ない言い草だが、風情はあまりない。パッとしない見てくれの旅館やみやげ物屋が、さしわたし五、六メートルの川沿いにつまらなそうに建っている。まるで、だらけた生徒が、列を組むような組まないような態度で突っ立っている朝礼の様子、みたいだ。だが、井伏鱒二の作品を読み込んだあとでそこに立つと、申し分ない彼らしさだなあ、と妙に納得してしまう。

井伏が常宿にしていたという不老閣から下流、およそ三百メートルほどの川筋を、まず攻めてみた。白毛フライは二本しかないので、とりあえずニンフを沈めて魚の様子をうかがう。ラジウム鉱泉の臭いなのだろうか、硫黄によく似た悪臭が川原に立ちこめている。岩陰に魚影があったので、フライを流れに乗せて流してみた。まるで当たりはない。魚は水面には出てきていないし、当然どこにもライズが見当たらない。釣りくだりつつあちこち叩いたが、反応ゼロ。釣れないだけではない。なにかこう、不気味で抑鬱的な空気が私にのしかかってくる。渓流脇の道をそぞろ歩く湯治の団体客の、笑いさざめく呑気な声が、頭上から降ってきたりするのだが、川原の私は寒くもないのに背筋がぞわぞわしはじめた。巨大な山椒魚が背中にべったり貼りついて、ぬめりを帯びた悩みごとをぼそぼそ私の耳もとで訴えかけてくる。そんな妄想的イメージが脳中に浮かぶ。

人家がない上流に移動しても、すがすがしい気分にはなれなかった。まだ冬枯れから立ち直っていない木立の中を流れる水は澄んできれいであり、井伏だったら「ふかんど」と書いただろう淵の濃緑色の底に、魚影のきらめきが望めるにもかかわらず。

フライボックスにあるニンフやマラブーフライを総揚げして誘ったのだが、魚は一向に喰らいついてくれない。天気はだんだん雲行きが怪しくなる。私の重だるい、これといって理由のない憂鬱も、それに呼応して深まる。とうとう私は決心し、邪魔な木立にひっかけてなくすかもしれないのを承知で、白毛フライを結んだ。一投、二投、三投。そして四投目、流しきって沈んだフライをたぐりよせかけた瞬間、たしかな手ごたえがあった。アッと思う暇もなく、二十センチ程のヤマメが美しい魚体を空中に踊らせた。そして、鉤を見事にはずし、水中に消えた。それでおしまい。完了《わんら》、ジ・エンド。そのあとどんなに頑張っても、二度と魚は姿をあらわさなかった。

薄暮の中、ポツポツと降ってきた雨に追い立てられるように、私は釣道具をしまった。どうにも片づかない気持ちではあるのだが、一方できっと釣ってはいけなかったんだ、よかったよかった、という変な安堵感があった。鬱屈の中の安らぎとでも表現すべき感情に、私は支配されていたのだ。そして、車で峠をひとつ越えた黒森鉱泉にたどりつき、その日の宿である五郎舎《ごろうや》に足を踏み入れた途端、呪縛が解けた。ふわふわとした感じで自分のからだではないかのように力が入らなかった筋肉に、まちがいなく自分の筋力だと実感できる力が蘇ってきた。実にまったく不思議だ。彼方に見える甲斐駒ヶ岳の姿も、きちんとすがすがしい。

どうも、私にとって増富温泉郷は、井伏鱒二の呪縛力が今なお強い「魔境」だった気がする。軽薄な私を、おそらく井伏はいやがったのだ。宿を別の場所にとっておいて本当によかった。

これで、うっかり彼の常宿に泊まりでもしていたら、どんな気分になり果てていたか、想像するだに恐ろしい。ありがたいことに、五郎舎は予想をはるかに超えて気分のいい宿だった。読書家で陽気なおかみの多喜子さんと、その義理の妹であるあやめさん（女将さんの陽気さをさらにパワーアップしたような美女だ）の取り回しが、何ともアットホームで素晴らしい。おかみが地の素材だけを使って作る丹精こめた美味にも、脱帽した。

実はここを選んだのは、宿の主が黒森毛鉤の最後の伝承者である藤原五郎さんだったからなのだが、惜しくも悲しいことに、藤原さんは二ヶ月ほど前に世を去られてしまっていた。「井伏鱒二」釣行のついでに、黒森毛鉤の使い方を伝授してもらおうとしていた私のもくろみは、したがって、果たせなかったのだが、五郎舎のもてなしはそれを補って余りある収穫だった。さんざん呑んだくれた私は、すっかり本来の軽薄で楽天的な地金《じがね》に帰還することができた。

深夜、部屋の窓を開けて酔ったからだを夜風にさらしつつ、茫然としたような、無表情のような、かすかに驚いているかのような井伏の丸顔と、しっかり冷たく他者を観察している黒縁メガネの奥のドングリのような目の取り合わせを、脳裏のスクリーンに映写してみた。すると、闇の向こうに気配が立つ感じがあった。含み笑いをしている誰かがそこにはいる、と思った。

47　井伏鱒二　山椒魚の憂鬱

坂口安吾

釣師という人種

釣師はなにかと「むつかしい」ことを言いたがるし、素人と玄人（職漁師でもあるまいに）、つまり年期の差や腕の差をむやみに強調したがったりする。

小田原・早川で稚アユと遊ぶ

さかぐちあんご
一九〇六年—一九五五年。小説『白痴』『桜の森の満開の下』『不連続殺人事件』などで流行作家となる。終戦直後に発表した『堕落論』で大きな注目を集めた。織田作之助、石川淳、太宰治とともに無頼派作家と呼ばれる。

釣りあげた魚の大きさや、どうやって釣ったか、場所はどこだったかなどという話題に、釣り好き同士がそれこそ夢中で打ち興じている様子を、まったく釣りに興味のない人が眺めていると、天下の奇観であるかのように感じるらしい。いったい何が楽しくて、たかが魚ごときにそんなに血道を上げられるのか、理解できない。子供っぽい。どうかしている。少し頭がおかしいんじゃないかしらん、と、ついには人格を疑われる破目になったりする。

もちろんこれは釣りに限った話ではなくて、カブトムシ好きとかゲテモノ食い好きとか中国拳法愛好家といった人々にしたところで、同様の憂き目をみる点では同じである。ただし、趣味ならなんでもバカにされるかというと、そうでもないから腹が立つ。たとえば、オペラ鑑賞が趣味です、と宣言すれば、なんとなく外聞がいい。絵画鑑賞、古典芸能鑑賞、ガーデニング、旅行好き、スポーツジム通い、ゴルフ、テニスなどなど、興味がない他人からも別段好奇の目で見られることがない趣味はいくらでもある。それどころか、昨今ではあのカラオケなる悪趣味でさえ、わが釣りよりも認知・許容度が高いとさえ感じられる場合がしばしばだ。はるか昔、江戸後期には釣りは高尚な楽しみとされていたのに、今やこのていたらく。嘆かわしい。

そう、私はひがんでおるのだ。釣りが大好きでしてなどと口にすると、そうしたひが目のせいか、相手が微妙にくちびるの端を曲げたような微笑（憫笑？）を浮かべている気がしてくる。言葉を尽くしてその面白さを語ってみても、実感がない以上相手はおざなりに相づちを打つしかない。人それぞれなんだから、なにもそんなにムキになることはないのだが、勝手に日陰者《ひかげ》であるかのような被害妄想に陥り、躍起になって相手を納得させようとするのだ。果ては、一度やればやみつきですよ、などと、まるで麻薬中毒者が仲間を増やそうと甘言を弄《ろう》しているかのごときありさまを呈する。まったく、馬鹿につける薬はない。

思えば不思議な話である。今はどうだかしらないが、ちょっと前までは釣り人口二千万人とも称され、そうしてみると老若男女ひっくるめて、日本人の五人にひとりは釣竿をにぎっている勘定になる。ゴルフだってそんなに多くはないんじゃないか？　にもかかわらず、釣りは妙に尊敬されない趣味のままだ。あるいはやっている人数がむやみに多いから、当たり前過ぎて軽んじられるのかとも考えてみる。……いやいや、そんなことはなかろう。その伝でいけば、スポーツジム通いだって、今ではとんでもない多数派で、それなら軽く見られそうなものだが、健康管理に気を使っているんですね、と感心されたりするではないか。

あまり見栄えがよくないというのが、たしかにひとつの理由ではあるだろう。バスフィッシングをやる人の中には、なかなかカッコよくファッションをキメているジンブツもいる。

バスボートの椅子に軽くもたれかかり、ゆるゆるとボートを操船しつつポイントを見さだめ、見事に狙いすましてキャスティングをしたりすれば、それなりに若い女のコにも感心されたりするかもしれない。

しかし、だからと言って、スノーボードのファッションに勝てるかというと、それはまあ、若い女のコもいろいろだから断定はできないが、まあまあ多数決ではスノボの優位は動くまい。ましてや、海釣りの風情、遊漁船に乗り込むねじり鉢巻きに古びたフィッシングベスト、汚れ長靴、こませまみれのタックル一式などを目にしたら、たとえ若い女性ならずとも、う〜ん、いまひとつ気をそそられないホビーであるなあ、と思われてしまうのではないか?

さらに言いつのるなら、アユ釣りのタイツ風ウエーダーは、かなり間違ったバレエの男性舞踊手みたいだし、私が愛するフライフィッシングにしたって、バイスにはさんだ鉤に顔を近寄せ、羽虫を模したフライを巻こうと真剣に寄り目になっている図なんて、暗いことこの上ない。虫を巻く? 暇人ねえ、と言われたら、返す言葉はない。

しかし、つらつら考えるに、釣りがあまり尊敬されないということについては、右のごとき表面的理由をはるかに超える、根源的理由が存在するように思えるのだ。それはなにかというと、共感性の欠如と閉鎖的エクスタシー、非合目的性、プラス気味悪さ、である。

まずは、気味悪さ。これは、生き物相手であるから、宿命的にどうしようもない問題だ。餌釣りなら、モゾモゾするイソメやミミズなどを鉤にグサグサ縫い刺しにしたりするし、ルアーやフライでも釣れた魚のエラから血がたっぷり流れたりする。狩猟本能から遠ざかっている現代人には、なかなか馴染めないのも道理だ。つまり、文明度の点で格が低い。が、そうであるなら、いまや女性にも人気の総合格闘技だって血みどろだし、闘争本能という動物本来の本能に根ざしている。あっちはキャーキャーいわれるのに、なぜ釣りは？

その答えとして私が思いつくのは、閉鎖的エクスタシーと共感性の欠如という二大問題なのである。アーネスト・ホーストが華麗な回し蹴りで、ピーター・アーツが大砲のような左ストレートで、マイティ・モーが斧のような上からの右フックで相手をマットに沈める時、観客には激しいエクスタシーが訪れ、その気分は全員に共有される。

これはなにも、格闘技に限ったことではない。舞台で演じられる劇を眺めていても、クライマックスでは観客は興奮を共有できる。動的興奮とは縁遠い美術鑑賞はどうなのかといえば、作品を見た感想は人それぞれだろうが、作品を見た人同士、それを見てなにごとかを感じたという事実には共有性がある。見ていない人も、眺めに行きさえすれば同じ地平に立てる。その他たいていの趣味には、こうした喜びの共有がある。また、スポーツジム通いには、健康のため、美容のためという立派な目的があって、趣味の合目的性と共に共感性を満たしている。仲間どうしで楽しむことも可能なゴルフ、テニスもしかり。

ひるがえって、釣りはどうかというと、大魚を釣り上げても、そのエクスタシーにはさほど共有性はない。一緒に行った釣り仲間は興奮してくれるかもしれないが、その気持ちの中には、ちぇっ、どうしてあいつに釣れてオレに釣れないんだという、あせりにも似た嫉妬が入り混じる。ああ、美しくない！

つまり、狭い磯場や船、もしくは川辺といった、少人数しか目撃できない現場にいなければ体験が共有できないという少人数限定・一回性の趣味である上に、真のエクスタシーは結局釣った本人以外には感じえず、釣人それぞれがおのれの経験を反芻《はんすう》して楽しむのみ、というのが遊漁の本質なのだ。この狭く閉鎖的な性格によって、釣りはなんとなくおとしめられてしまう、のではないかと私は思うのである。

それは違うぞ、なぜなら、釣った魚をおいしく食べる楽しみは家族と共有できるし、近所におすそ分けすればさらにおいしさの輪が広がる、ちゃんと合目的的ではないか、とおっしゃる向きもいるかもしれない。しかし、それは釣りそのものの共有ではなくて、食物としての魚の共有なのだ。懇意な魚屋が、タダで新鮮な魚を持ってきてくれたことと、なんら変わりはない。商売でやってるんじゃないのだ、われわれは。だから、むやみやたらに魚を釣って、持って帰ったりするのはやめましょう。おすそ分けされる近所だって、実は迷惑しているかもしれない。

崇高さという点でも、魚釣りは劣勢だ。登山だって、なにも好んであんなことを、という反応をする人は多いだろう。しかし、世界最高峰のエベレストに登った人物は呆れられながらも尊敬されるが、人も通わぬ深山に三日がかりで登り、秘められた沢で七十センチの大イワナを仕留めたジンブツは、まったく好きだねえ、なにが面白くてそんなことを、とただ憫《びん》笑《しょう》されるのみ。ほめてくれるのは、釣り仲間だけだ。その上、沢登りの途中滑落して死んだりしたら、馬鹿以下の扱い。エベレスト下山途中に悲劇の滑落を遂げた人が一種英雄的に遇されるのとは、天と地の差がある。

要するに、釣人になんかなったって、いいことなんかひとつもないのだ。無用に魚をいたぶる残酷な人間とさえ見られてしまう。なんと哀しいことか。こうとわかったからには、みなさん、即刻釣人であることをやめ、歌舞伎鑑賞か骨董品買いにでも専念してください。

……へへ、そうすれば、私が釣る魚の量が増える。

なんのことはない、長々とごたくを並べたあげく、露呈したのは私の卑しい釣果への執着だったわけなのだが、私に限らず釣り好きの物書きが書く釣りの文章では、その良い面ばかりが強調される傾向がある。暇人の痴技という側面をうまく回避したり、オブラートに包んだりして、さもさもすばらしい趣味であるかのような印象を与えたりもする。

ところが、ここにそうした努力のすべてをあざ笑うがごとき一文があるのだ。筆者は、坂口安吾。戦後一世を風靡した『堕落論』や、中世説話を模した鬼気迫る中篇小説『桜の森の満開の下』、あるいは推理小説界に衝撃をもたらした『不連続殺人事件』といった名作をものした無頼派の流行作家である。無頼派という字面は、なにか「横紙破りの無法者」といった印象を与えるが、坂口安吾の文章には恫喝《どうかつ》的なところはみじんもない。むしろ、ユーモラスでほのかに哀しい味わいが身上の書き手だった。その彼が、釣りについて書いたのが『釣り師の心境』という文章。どんなものかと覗いてみると……。

「私は妙に魚釣りに縁のあるあたりに住んできたが、小田原で三日間ぐらい鮎釣りをした以外は魚を釣ったことがない。先日もお医者さんから、早朝の魚釣りなどは健康によろしいから、とすすめられたが、なるほど今住むところも、わざわざ東京から釣りにくる人があって、それを目当てのボート屋などもある土地だが、釣りをする気持ちにはなれないのである。」

ときた。釣人としては、どんな誹謗中傷がこの先に待っているのかと固唾《かたず》を呑む書き出しだ。

「駅前のカストリ屋のオヤジは投網をもっていて、これも私を頼りに誘う。私がキャッチボールをしていると、野球はカラダに毒ですよ、投網は健康ですぜ、と言う。

『投網だって、投げるんじゃないか』

『ヘッヘッヘ。理屈はいけません。未明という時間に関係のある微妙な問題です』

このオヤジはむつかしいことを言うのが好きなのである。私を取手という町へ住まわせた本屋のオヤジも釣り狂で、むつかしいことを言うのが好きであった。井伏鱒二なども微妙なことを言うのが好きであるから、釣り師の心境であるのかも知れない。」


いきなり核心をつく指摘！　カストリ焼酎屋のオヤジの言い草も、ワケがわからなくておかしいが、そこから安吾は釣人の心根を的確に推察している。ともすれば軽んじられる趣味であるため、釣師はなにかと「むつかしい」ことを言いたがるし、素人と玄人（職漁師でもあるまいに）、つまり年期の差や腕の差をむやみに強調したがったりする。フライフィッシャーのある種の人々などは、その手の典型。「むつかしい」ことが好きでたまらないタイプが多くて、辟易したりする。そして、そういう「微妙なこと」を御《ご》託宣《たくせん》するのが好きなヒトが、初心者に先に大物を釣り上げられて、どういう屁理屈をつけようか苦しんでいるさまを見かけたりすると、おかしくてたまらなくなる。

以下、反省しつつも吹きだしそうになる安吾の釣師描写。

「一度はずいぶん遠い町外れのタンボの中の水溜まりであった。沼だの池などというわけには行かない。五間四方ぐらいの水溜まりなのである。廻りに肥ダメなどがあって異臭が溢れ、こんな水溜まりで釣れたフナなど、一目環境を見た人なら食う気持ちにはなれない筈であった。すぐ頭上には土堤があって、そこに上がると眼下に古利根がうねり、葦が密生している。こっちは、とにかく景色がいい。渓流とか、海とか、釣りなどというものは風流人のやることで、無念無想、風光にとけこんでいる心境かと思ったら、とんでもない話なのである。土堤の向こうに古利根の静かな澱みがうねっているというのに、彼らは肥ダメの隣に坐って水溜まりに糸をたれてセカセカしているのである。おまけに一日かかって二三匹しか釣っていなかった。私は呆れて、見物をやめて、土堤へ上がって古利根の方を眺めていたら、葦の繁みから銃声が起こった。みると、小舟が繁みをわけて行く。鉄砲の旦那と、芸者が一人乗っていた。この方が俗であろうが、肥えダメの隣の三人の心境が澄んでいるとは思われない。彼らは血走っているのである。セカセカと移動し、舌打ちし、又セカセカと水溜まりを廻ってヤケクソに糸を投げ込んでいるのであった。」

「その翌年、私は小田原へ引っ越して、三好達治のウチへ居候をした。箱根から流れ落ちてくる早川が海へそそぐところの松林に肺病患者のための小さな家がいくつかあって、私はその一軒へ住み、三好のところへ食事に通うのである。(中略)

六月一日の鮎《アユ》の解禁日に大いに釣ろうというので、三好達治は釣竿の手入れに熱中していた。橋の上から流れを眺めると、何百匹づつ群れて走っているのが見えるが、メダカのように小さいのである。海からいきなり箱根山で、魚の育つ流れがいくらもないから、特別小さいのだろう。メダカみたいな鮎を本気で釣るつもりなのかな、と、私は詩人の心境が分からなかった。」

「三好達治は、自分ひとりでは満足できず、私にも釣具一式を与えて、ぜひともやってみろという。

『君は流し釣りでタクサンだ。素人だからね。僕ぐらいになると、ドブ釣りをやる』

魚釣りは決まって天狗になるものらしい。三好達治はドブ釣りをやるんだと云って、ドブ釣り自体が名人の特技のようなことを言って力んでいたが、実際はてんで釣れなかったのである。鮎が小さいからダメなんだ、と、今度は魚のせいにした。」

「詩人の熱狂ぶりにつりこまれて、私もひとつ釣ってみようという気持ちになった。私がそういう気持ちになった最大の原因は、鮎はカバリというものを用いて、一々エサをつける必要がないという不精なところが何よりピッタリしたからであった。（中略）私は三十分ぐらいの間に三十匹程メダカを釣った。五本のカバリがついていたが、時には同時に三匹つれたこともあった。つれた時、糸をあげる手応えは、メダカでも、ちょッと悪くないものだ。それが気に入って、三日間つづけたが、だんだん釣れなくなったので、やめた。たくさん泳いでいる鮎の姿は目に見えるが、利巧になるせいか、かからなくなってしまう。それに、ちょッと明るくなると、流し釣はもうダメである。薄明とカバリの色や形とに微妙な関係があるらしく、私の五ツのカバリのうちで、かかってくるのは、いつも同じハリであった。なるほど、釣り師が微妙な心境になったり、むつかしいことを言いたがる心境になるのも当然かも知れない」

引用の最後の部分で、「釣り師の心境」に多少の理解を持ったかのように書いてはいるが、これはまあお愛想だろう。日本現代詩を創造した巨人たちのひとりである三好達治も、安吾の筆にかかると散々だ。「肉も無に近い」「メダカ」のような鮎を食べて、「ウム、鮎の香りがする」と満足げな様子だった、とまで書かれ、私はほんとに三好達治に同情する。

「釣り師の心境」が収録された本を閉じ、そこに描きだされた釣人のふるまい・心根に自己反省を含んだやるせなさを感じつつ、同時に三好達治に代表される釣師の稚気に深く共感しつつ、心は千々に乱れる私。そういう私でありながら、しかし、思いはもう早川に飛んでいた。

なんのことはない、彼らが体験した鮎釣りが無性にやりたくなったのである。なにか理由をこじつけては酔っ払いたがる酒呑みと同じく、こう言う文章を読んだからには、ぜひとも坂口安吾と三好達治のひそみに倣わねばならない、などとわかったようなわからないような理由をつけて、私は小田原にでかけることにしたのである。

頃は七月の半ば。鮎釣り最盛期。しかも、目的地の早川には名人がいる。河口近くで釣具店を営む小磯道夫さんだ。小磯さんは、オギャーと生まれた時、その枕元に鮎竿と鳥打ちの散弾銃がたてかけられていたという恵まれた環境にあった人物で、今も春から秋にかけては竿を片手に河・海を経めぐり、冬になると散弾銃を片手に山にわけ入るという、私に言わせれば仰ぐべき斯界《しかい》の達人、無関心な人々にとっては無類《むるい》の遊び人というべき方なのである。その小磯さんに問い合わせたところ、「まだチンチン釣りもドブ釣りもいけるよ」とのお答え。当方は坂口安吾同様鮎釣りは、友釣りはおろかチンチン釣りもまったくの初心者。すべてを名人にお任せして、麦わら帽に短パンツ、派手なアロハという軽装のみで出発した。

ところが、小磯釣具店に到着すると、名人はいきなり見事な釣師魂を発揮して、私の度胆を抜いた。モノスゴイ新発明を披露してくれたのだ。といっても、釣具とか仕掛けとかそういったものではない。日よけマスク。だが、日よけといっても、そこらへんにあるサンバイザーのごとき小洒落た横文字装備とは、まるで趣が異なる。どんな形状かというと、ほら、よく映画で銀行強盗がかぶっている毛糸でできた目だしマスクがあるでしょう？　アレのタオル地版なのだ。すっぽりかぶって目と鼻だけを出し、目の部分には偏光グラスをかける。あとはキャップをかぶって出来上がり。

長時間炎天下で釣りをする場合、このマスクの有効性は疑いえない。鼻が露出する点に、まだ改良の余地があると名人はおっしゃるが、その他の点は完璧。タオル地だから、流れる汗をすぐに吸い取ってくれるし、風も通る。直射日光を遮り、疲労を軽くするし、なによりシミや皮膚ガンから顔を守ってくれる。まことに実質的な発明である。ではあるのだが、小磯名人が大真面目にマスクをかぶった姿の、その珍にして妙なる奇観に、スミマセン、私はこらえきれずに爆笑してしまいました。そのあまりのバカ笑いぶりに、名人はかなりおかんむり。まことに申し訳ないことをした。だが、私は感動していたのである。

マスクの効果がよくよく理解できる釣人の私でさえ笑ってしまうスタイルなのだから、この道に関心のない人が見たらどういう反応をするか、容易に想像がつく。にもかかわらず、名人はピリッとも動ずることなくマスクの効能を主張してやまない。これぞ真の釣師の心ばえではないか。ただひたすらに我が道を往く。釣りは軽んじられる趣味だなんだとほざいている自分が恥ずかしくなる。

　名人のお怒りが収まったところで、早速河辺に出陣した。チンチン釣り（安吾言うところの流し釣りだろう）の仕掛けは、名人の特製。フライでいえば二十番くらいのごく小さな鉤に赤い糸を巻いたり、あるいは下巻きに緑を使い、その上から金や赤を重ね、チモトに白いビーズヘッドをつける。各々「早川二号」とか「茶バケ」、「荒巻き」といった名のつけられたそれらの鉤が、三本づつ幹糸から枝スとなって伸びている。糸尻には、小さなガン玉。

　小磯名人の言によれば、「この釣りには技術のうまい下手なんてない」のだそうである。苔を食べる段階まで成長していない稚鮎を狙うのがチンチン釣り・ドブ釣りなのだが、彼ら彼女らは、海から上がってきたばかりで川の食物になじみがない。とりあえず海の微生物に似た形と動き方の食べられそうなものに、反射的に飛びつくのだそうだ。したがって、仕掛けの糸尻につけられたガン玉は錘《おもり》としてよりもむしろ、川底の石に引っかかる錨の役目をするらしい。ひっかかってとまった仕掛けが、流れに抗しきれずはずれる。はずれた瞬間水の中でぴょんと踊る。すると、稚鮎はそれに反応して食いつく、という仕組みなのである。

　うまい下手はない、なんて言っても、それは言葉の上だけのことだろうと半信半疑、私は東海道本線が頭上を走る橋下のポイントに入った。川の中を覗くと、いるいる、稚鮎がそれこそうじゃうじゃと群れをなして泳いでいるではないか。名人の指導のもと、仕掛けを流してみる。二度、三度、四度、五度。反応はない。名人が、「いじめられすぎてスレちゃったかな」とつぶやく。名人がやっても、反応ははかばかしくない。まさに「利巧に」なって食ってこないようである。

少し上流に移動した名人が、一匹目を上げた。見せてもらうと、まさしく「メダカ」並の大きさ。七、八センチがいいところだ。が、そのメダカに私はなめられてしまったのか、ちっともかかってくれない。無器用な私に業《ごう》を煮やした名人は、数十メートル上流の堰堤の上に連れていってくれた。そして、ガン玉の上にさらに大きめの錘をつける。そして、堰堤の上から下に垂らしてドブ釣り風に釣ってみろとの指示。

見本に習ってやっていると、そのうち面白いように釣れ出した。姿はあまり鮎らしくないが、鼻を近づけるとたしかに独特の香りがたちのぼってくる。名人がいったん店に戻るためにその場を離れたあとも、プルルプルルとかわいらしい引きを楽しみながら、鮎釣り用の引き舟に獲物を放りこみつつ、むきだしのふくらはぎが真っ赤に日焼けするのも厭《いと》わず熱中した。

昼時が過ぎ、もういいだろう、少し疲れてきたし、むごいようだがあとは三好達治に倣ってメダカ鮎の塩焼きでも味わおうか、と竿をかたづけた私。いざ釣果はいかにと、水に浸かった舟を開けてみて仰天した。

いないのだ。すっからかん。ずいぶん釣ったはずなのだが、ただの一匹もいない。なんと、メダカ鮎は引き舟に開いた水通しの穴から、するりするりとすり抜けてすっかり逃げだしていたのだった。

戸川幸夫

自然は平等である

ギャイーンと一声怒りの奇声を発するや、
エゾシカは猛烈な勢いで駆け去っていった。
巨大な尻が木立の彼方にあっというまに消えた。

知床の港で

とがわゆきお
一九一二年―二〇〇一年。毎日新聞社会部勤務中の一九五四年に『高安犬物語』で直木賞受賞。動物を主人公とした「動物文学」「動物小説」のジャンルを確立させた。イリオモテヤマネコの標本を入手、新種発見のきっかけをつくった。

「オオカミ王ロボ」「峰の王者クラッグ」「タラク山のクマ」「銀狐物語」……とこういうタイトルを並べた時、ああ、懐かしい、と感涙にむせぶのは、たぶん私同様、読書好きプラス動物好き少年だった中年男性ではないか。どれもみな、偕成社版・白木茂訳の『シートン動物記』に収められていた一篇なのだ。

今の児童書コーナーでも、時折見かけたりすることもあるから、この動物文学の最高峰といっていいシリーズに感動している子供はいるはずだと思うのだが、そういう噂は寡聞にしてあまり聞かない。ウチの息子にしても、結構生き物好きのくせに、私の手垢がついたシリーズ六巻本をわざわざ彼の本棚に入れておいたにもかかわらず、読んでいる気配がない。どうなっておるのだ！ 教育を間違えたか？

とまあ、変な息巻き方をすることからもおわかりのように、子供時代私は『シートン動物記』をなめるように愛読した。いまだに憂鬱になると文庫版のそれを本棚から取りだしてページを繰り、暗い気分を引き立てる薬代わりに使ったりする。本当にシートンの観察力、描写力、感動創造能力は見事だ。どういうところがスゴいかというと……。おっと、イカンイカン。『シートン動物記』は、単なる前フリ。この文章の本題は、「日本のシートン」こと戸川幸夫のことだった。横道にそれてはいけない。

『シートン動物記』に入れあげて暗記するほど読み込んだ小学校時代の私だったが、さすがにいつまでもそこだけにしがみついているわけにもいかない。ほかにいいものはないか、わが日本の動物たちをあつかった物語はないか、と鵜の目鷹の目で捜している時出会ったのが、『片耳の大シカ』や『ヤクザル大王』で有名な椋鳩十、そして戸川幸夫の『高安犬物語《こうやすいぬものがたり》』だった。

椋鳩十の作品にもかなりグッときたのだが、文体や書きぶりが少々子供向けに感じられた。それに反して、『高安犬物語』は動物についての物語ではあっても、年少者を意識した文体ではまったくなく、完全に大人の読者を想定した小説だった。それもそのはず、ずいぶんあとになって知ったのだが、『高安犬物語』は昭和二十九年度下期の直木賞を、梅崎春生の『ボロ家の春秋』と共に受賞した作品だったのだ。

作者の学生時代の体験を元に創作された作品である『高安犬物語』は、人間と犬の温かくて哀切な関係を描いたもの。主人公(?)は絶滅寸前の狩猟犬・高安《こうやす》犬のチンである。語り手である旧制山形高校理科学生の「私」は、山形県高安地方で飼われていたという幻の犬のうわさを聞きつけ飼いたくなり、県内をくまなく探す。根気よく何ヶ月も探しまわった末に、ついに一頭の高安犬がマタギの吉という男のもとにいるという情報を得る。

もちろん、吉はみずからとほとんど一心同体といっていいチンを手放すはずはなく、「私」はやむなく吉の元に通いつめてチンと交流を深めることになる。が、やがて、チンの大病がきっかけで、吉は老いてきた愛犬を手放す決心をする。「私」は、山形市内に住む愛犬家で裕福なパン屋の主人を吉に紹介し、チンはそこにもらわれていくことになった。

しかし、新しい飼い主に馴染めないチンは、ある日隙を見て逃げだしてしまう。数十キロ離れた山奥の生まれ故郷、吉の元に戻ろうとしたのだ。パン屋に引き取られる原因になった大きなポリープを抱えたままの弱ったからだで、チンは真冬の雪深い山を踏破する。その冒険によってチンの病状は悪化し、緊急の手術をする。

手術のあと、吉の態度からチンは、自分が山の犬ではなく都会の犬として暮らさねばならない運命なのだと悟る。そして、以後は新しい主人にも懐《なつ》き、平穏に暮らしはじめる。それから、三年。仙台の大学に進学した「私」のところに、「チンキトクスグコイ」という電報が届く。あわてて山形に戻った「私」に、チンは最後の高安犬にふさわしい見事な死に方を見せて亡くなる。

いっぱし生意気な小学生だった私は、この小説の淡々とした語り口と静かな感動を呼び起こす内容にうたれ、すっかり戸川幸夫ファンになった。秋田を流れる真室川流域で猟をする鷹匠とその愛鷹を描いた『爪王』とか、極寒の知床半島で飼い主にはぐれた犬が、たくましくサバイバルする『氷海に生きる』とか、恐ろしいヒグマと人の戦いを迫真の筆致で語る『羆風』とか、お気に入りを挙げていけばきりがない。

ファン心理というのはおかしなもので、かなり大人になってからのことだったと記憶しているが、戸川幸夫がイリオモテヤマネコを昭和四十年に発見――あやふやな噂で生存が取り沙汰されていたのを、現地に実際にでかけて確認したのだ。当時彼は、五十三歳。――した人なのだと聞いた時には、我がことのように誇らしかった。別に、私が何を手伝ったってわけじゃないのに……。

まあ、そんな風な他愛ない愛読者として長年戸川作品に接してきて、しかし、ちょっとした不思議というか疑問を感じることがある。作者は、九州は佐賀県生まれである。つまり、日本の南端に近い地域の出身。にもかかわらず、すでに挙げた『爪王』『羆風』『氷海に生きる』、あるいは北海道は大雪山を舞台にした『牙王』とか『オホーツク老人』などなど、寒くて雪の多い、時には極寒と形容していい土地を舞台にした物語をたくさん書いていて、しかもそれらのほとんどが名品といっていい仕上がりになっているのだ。

もちろん、奄美大島に取材した『ハブ』とか、名土佐犬がかませ犬へと転落していく道筋を活写した『咬ませ犬』といった、寒い地方を背景にしていない佳篇もあるにはある。が、独断と偏見に満ちて言うなら、戸川幸夫は北の厳しい自然の中に動物と人間を配する時、作家としての力量を遺憾なく発揮するのではないか、と思うのだ。

なぜそうなるのかについては、わからない。南の地方に生まれたから、北への憧れがあるのかしらん。いやいや、そんな単純な動機だけで説明がつく話でもあるまい。作者本人に聞けばわかることかもしれないが、創作意欲をそそられる理由など、物書き自身あまり考えていない場合がしばしばあるから、これもあてにはできない。第一、訊ねようにも、戸川幸夫はすでにこの世を去ってしまっている。

こういう疑問は、やはり現地で考えてみるのが一番だ。ということで、北海道に出かけることにした。『オホーツク老人』『氷海に生きる』などの舞台となった知床半島をさぐり、『牙王』が走りまわった大雪山のあたり、にはちょっと遠くて足をのばせないので、年来行き慣れた阿寒湖周辺に向かい、そこから屈斜路湖経由で流氷の町紋別を訪れる、というかなり重厚な旅程。十月下旬なので極寒を体験するとはいかないが、そこはそれ、例によって釣竿を道連れにした旅だから、どこもかしこも凍っていてはちょっと困るのである。もっとも、戸川幸夫が釣りを好んだ、という証拠はどこにもない。したがって、釣り好きの文人のひそみに倣うという一連のこの文章の趣旨から言うと、今回はやや反則気味なのだが、どこであれ素敵な釣場が近いとガツガツしてしまう釣人ならではの強引さだと、呆れ笑って見逃していただきたい。

中標津空港から車で一時間ほどで、知床半島の中程に位置する羅臼町にたどり着く。「人間の姿が見られるのは六月から十一月までで、そのほかは嵐と流氷で閉じ込められた太古が残る」「日本に最後まで残された原始の地」、「アイヌたちが、彼らの言葉でいう〝シレトク──大地の崖〟」、それが知床半島である。

と『オホーツク老人』の出だしの部分に記されているが、十月下旬ではまだまだとてもそんな感じはない。ただ、羅臼町の少し手前の小さな港に立ち寄って海際まで近寄ると、たしかにオホーツクの海の精力がひしひしと実感できる。波のうねりひとつとっても、関東近県の海などとはくらべものにならない底力を秘めた野獣的凄みがあり、ほとんど凪《な》ぎといっていい状態なのに、こちらに畏《おそ》れを抱かせる。ひとたび荒れたらどんなことになるのか、背筋が寒くなった。漁師の人たちの苦労と努力はいかばかりかと、思わずため息がでる。

それから、海の力に驚く以前にびっくりしたのが、鳥の多さだ。海沿いを走る道路脇の電線、その山側の線の上にはカラスたちがびっしりとまって羽根を休めている。反対の海沿いには、ウミネコやカモメたち。まるで道路を国境にしているかのようなありさまに、思わず笑ってしまった。

港の中は、さらにすごい。近くで見ると案外な巨体ぶりのカモメたち、ウミネコに、名もわからない水鳥たち。あたり一面鳥、鳥、鳥。沖の堤防には、まさに鈴なりですきまなくカモメたちがひしめき立っている。完全にヒッチコックの映画『鳥』状態だ。上空にはワシ、ではなくトビが、ホッケ漁から戻った漁師たちの水揚げのおこぼれを狙って飛んでいる。なんだか、人間、それも都会暮らしのふやけた中年男がいてはいけないような気分になってきて、こちらを無関心な目で眺める鳥たちに会釈をして退散した。

道をさらにいくと、どこか寂しさの漂うひなびた羅臼の街並みがあらわれる。山が迫った海沿いの場所なので当然そうなるのだが、家々が陸地にしがみつくように建っている雰囲気があり、いかにも北の港町だという気がする。少し陸地側に入った町の中心部は、さすがに多少にぎやかな感じはあるが、それでも観光地の風情はほとんどない。今ではずいぶん観光客も来るようになったらしいのに、妙に無頓着な町の様子が、へそ曲がりの私にはゆかしく思われてくる。そして、町はずれの羅臼港を見下ろす高台に、公園ともいえないごくごく小さな見晴らし台があった。そこに、杖を片手に持つ老人の銅像が立っている。それが、「オホーツク老人」だ。

明治二十一年知床のウトロにうまれた彦市は、択捉《えとろふ》島生まれの女性と結婚し、その地で漁師として暮らしていた。しかし、日本の敗戦で島はソ連に占領され、夫婦はウトロに帰ってくる。そこで長年連れ添った妻を亡くし、さらには戦地で行方知れずになったりした息子たちの中で、ただひとり日本に残っていた三男と、ふたたび漁師として一旗挙げようとした矢先に、三男が海で遭難する。

全てを失った彦市は、ウトロにある漁師の番屋で、冬の間ひとりきりで番をする仕事についた。知床の厳しい自然と戦い、どこかで安らぎも感じつつ暮らすそんな彼のところに、ある日若い娘が漁師に連れられてやって来る。彼女は、三男謙三の恋人だった。息子に恋人がいたことなどまったく知らなかった彦市は、あえて名乗りをあげようとはしない。心の中で、幸薄い一生を送ったと思いこんでいた三男に、恋人との楽しい時間があったという事実を噛みしめつつ。

娘が去り、孤独な冬を迎える彦市。その冬の最中《さなか》、彼は流氷にのって流された飼い猫を救おうとして、氷海に落ちて死ぬ。大自然だけが、その最後を見つめていた。

『オホーツク老人』の内容をざっと述べると右のようになるだろうか。この小説に感銘を受けた俳優の森繁久弥が私財を投じて作った映画が、『地の果てに生きるもの』だ。そのロケ地であることを記念して、高台にくだんの銅像を建立したというわけである。

映画自体はコケてしまったらしいが、その際森繁が作った(のだと思う)唄「知床旅情」は大ヒット。私も、あれで知床の地名をはじめて知ったと記憶している。唄の文句の通り、海の彼方に目をやると、もやがかかってはいるが国後《くなしり》島の輪郭がはっきり浮かび上がっている。日本に一番近い日本でない日本。

国境ともいえない国境が海のどのあたりにあるのか探すともなく眺めていると、切なくなってきた。自然はどこまでも連続していて、にもかかわらず人は境界を設けたがる。そうした人為は大自然の姿と対比した時、結局は無意味なものでしかない。それでいて、その人為はやはり人を翻弄する。戸川幸夫の作品には、そうした人為のむなしさをぎりぎりの自然や動物を描くことによって語ろうとした側面があったのかもしれない。だからこそ、極寒の厳しい自然をしばしば物語の背景に使ったのではなかったか……。と、ちょっぴり真面目になりつつ、私はその日の宿へと向かった。

翌朝は午前三時に出発。知床峠を越え網走に向かった。網走の海岸で鮭釣りをするためだ。ところが、深夜の峠越えは思った以上にスリリング。なぜなら、夜は動物たちの王国だからだ。エゾシカが車めがけて突っ込んでくる場合があるから、気をつけてください、などとあらかじめ注意されていたが、まさかそんな、と軽く聞き流していた。が、とんでもない。舗装された道路際の草むらには、シカたちが勢ぞろい。オスは、その雄偉な角を見せつけるようにこちらをにらみつける。メスは、ちょっとおどしながらも、ツンとしてそっぽを向く。はんぱな数ではない。その上、時折キタキツネが道路をちょろちょろと横断するから油断は禁物。サファリパークなんかより百倍ドキドキする。まさしく戸川幸夫ワールドである。

大きなオスジカにぶつかられたら、小型の車などひとたまりもないと聞いたが、さもありなん。見事な巨体である。でも、エゾシカ君、なんでそんな自殺行為に走るんだろう？　人生、おっと、鹿生に絶望しているからとか？　まさか。それとも車のヘッドライトに敵愾心《てきがい》を燃やして突っ込んでくる？　いやはや、自然はどこまでも不思議だ。

二時間ほど走って網走の駅付近にたどり着いた。『氷海に生きる』の主人公アイヌ犬の吹雪が流氷に流された時、その危難を救ったのは網走刑務所から脱走した三人の男たちだったな、などと思い起こしつつ走っていると、網走から先の全行程を案内してくれるフィッシングガイド引地俊介クンの四駆がコンビニの駐車場にとまっていた。阿寒湖温泉でホテルを営む高田茂社長に紹介してもらい、今回二度目のおつき合いなのだが、すでに私は引地クン――技術拙劣な釣人である私を全面的にサポートしてくれるヒトなので、本来なら「様」とお呼びしなければならないのだが、彼の雰囲気にそぐわない気がするのであえてクン付けにさせていただく——の人柄と腕前にぞっこんなのである。

釣人にいい思いをさせてくれる技術が申し分ないのはもちろんのこと、親切でやさしくて人をそらさず、自然を愛し守る気概に溢れ、それでいて(あるいはそれだからこそ?)辛辣きわまりない批評精神を持ち合わせている。話題が豊富なので、話をしていて飽きることがない。さすが、元は東京の広告代理店の敏腕営業マンだっただけのことはある。しかも、二十八歳の若さで自前の会社タマリスクを経営し、職業柄不可避の日焼けをぬぐい去れば白面の貴公子、昨今はやりの「韓流スター」もしくは中国の人気俳優のごとき風貌なのだ。我が二十八歳の頃を思うと、なんだかくやしくなる。が、まあ、くやしがってもムダなので、彼のあとについて網走川河口の海岸に急ぐことにする。

浜辺は、すでに人で埋め尽くされていた。ぶっ込み仕掛けの竿が林立する砂浜。遠くの堤防沿いに設置されたテトラポッドの上にも、すきまなく人が立ってルアーを投げている。北海道人のスゴさにうめき声が洩れる。もっとも、引地クンに言わせれば、この遊び癖(平日なのだ)が北海道の生産性を低めている、とのことなのだが。

ガイド助手の村上・和田両君がすでにセッティングしてくれていたぶっ込み竿のかたわらに

近づくと、早くも魚信。あわててリールを巻く。するとかなりの抵抗はあったものの、あっけないほどの早さで大きなオスの鮭が浜辺に上がってきた。すごい魚影の濃さ！　立てつづけに三匹をランディングした。

やがて当たりが遠のいたので、今度はテトラポッドに移動してのルアー釣り。ルアーといっても、ちょっと変わった仕掛けだ。手のひらほどもある浮きをつけた上に、ルアーの針にはサンマの切り身。これを投げ入れて、ゆるゆる引っぱってくる。すると、鮭があんぐり、という仕組み。

海の中を覗くと、いくつもの魚影が走るのが見える。釣人の数も多いが、鮭の数も負けずに多い。六時から十二時までの半日で、リリースした分も含め十数匹の釣果があった。うまい人なら、この三倍は釣っただろう。おそるべき豊穣さだ。もっとも、引地クンの言では、今年は特別に魚影が濃いそうで、それならば私は運の良い釣師ということになるのだろうか。ともあれ、大満足の結果だった。

阿寒湖でも幸運は続く。異常なほど多かった今年の台風のひとつがあわや直撃か、と思われたのだが、寸前でそれてくれて湖はいいコンディションだった。雄阿寒岳と雌阿寒岳にはさまれたこの火山湖は、こじんまりまとまった女性的な相貌で見るものの目を楽しませてくれる。ここ数年通っているが、その優美な景色を眺めると、心が和む。北海道においては、珍しくやわらかな景勝地なのではないだろうか。とはいっても、ヒグマが出没するあたりで釣りをしていると、強烈に獣臭い風が鼻先をかすめていくことがたまにあるので、思わず身ぶるいをしてしまうのではあるが。

滞在中に、初雪が降った。引地クンのボートの上でロッドを振っていると、曇天から白いものが落ちてきて、またたく間にちょっとした吹雪になった。それに合わせるかのように、型のいいアメマスがかかってくれる。降りしきる雪、霞む森、水辺の葦、私たちを見おろす雄阿寒岳。見事に夢幻的な情景の中で野生のアメマスを釣り上げる快味は、忘れがたい記憶のひとコマになった。

興奮は、釣り以外にもたくさんあった。宿泊したのは二〇〇四年の春に開業したばかりの小さなホテル「レイクスパたかだ」――まだ二回しか滞在していないが、阿寒での宿泊は永久にここ、少なくとも年に三回は来たい、と心に期している――、そこの経営者が引地クンを紹介してくれた高田茂さんなのだが、この巌《いわお》のような体躯の上に恵比須様のような温顔を乗せた青年紳士は、釣りと狩りの達人でもある。

遅い午後、忙しい仕事の合間をぬって、彼がシカ寄せの妙技を披露してくれた。湖畔に程近い森に私を連れていき、高田社長はアメリカで買ったエルク鹿用の笛を独自に改良した笛を吹き鳴らした。雌の声を出す笛は、子猫が甲高くミャアミャア啼くような音色。雄の声に似せた方は、野太い霧笛というか、ブゥーィィーという音色が張り裂けんばかりに鳴り響くもので、とにかくかつて聞いたこともない異風な音だ。

雄雌取り混ぜて何度か社長が吹き鳴らすうちに、森に気配が満ちてきた。子犬がキャンキャン啼くような声が、近づいてくる。あとで教えてもらったところによると、警戒音なのだそうだ。身動きしないように身をひそめていると、かなり大きな角をもった若い雄が近寄ってきた。と、木かげに隠れたつもりの私の身じろぎを認めたのだろうか、ギャイーンと一声怒りの奇声を発するや、エゾシカは猛烈な勢いで駈け去っていった。巨大な尻が木立の彼方にあっというまに消えた。肩から力が抜け、快い虚脱が襲ってくる。

高田さんの説明によると、雌笛を吹くと雄は自分のハーレムに誘い込もうと寄ってくるらしく、反対に雄笛を吹くとテリトリーを侵されないよう攻撃態勢で接近してくるのだという。いずれにせよ、そうやって呼び寄せられた雄は、社長の練達の腕前でズドンとやられてしまうわけだから、哀れといえば哀れ、生き物のさが、いや、オスのさがとはまことに哀切かつ滑稽であるよなあ、と慨嘆したくなる。

呼び寄せることができる生き物は、エゾシカに限らない。エゾライイチョウもそのひとつで、これの呼び寄せは引地クンが実演してみせてくれたのだが、あと一歩のところで姿を見るには至らなかった。細い川が流れる渓谷でピーピーと可愛い音色で誘ったところ、崖の下から応答する声が響いてきた。その声は、笛の音に二度ほど応えたのだが、そのあとはなにかおかしいと感じたのか黙りこんでしまい、結局姿をあらわしてはくれなかった。

北の大地は、やはり野生の神秘に満ちていた。さまざまな生き物の気配がそこかしこに感じられる森の中に立っていると、ニンゲンとしての文明的・文化的表皮がどんどんはげ落ちて、単なる生き物へと帰還していける気がする。普段はほとんど意識しなくなっている生命としての自分が、鋭く強く屹立《きつりつ》してくる。戸川幸夫の作品に流れている感覚は、まさしくそういうものであって、生きるという現象が生き物すべてにおいて平等なのだという当たり前の、しかし、私たち人間がしばしば忘れがちになる真実を確実に読み手に伝えてくれるのである。

実際に暮らしていない訪問者の甘えた感想に過ぎるかもしれないが、北海道の時間は幸福過ぎるほど幸福だった。訪れる度にそう思うのだが、今回はまた格別だったように思える。

この感想は、たぶん、体重が目立って増加するのも構わず食べまくってしまう「レイクスパたかだ」の素敵な料理と、まるで自宅にいるかのような、いや自宅で自宅以上のやさしい扱いを受けているような、そういうもてなしの心地よさに相当後押しされているものだとは思うが……。

釣りのフィナーレは、屈斜路湖。ここでも、三度目の幸運に恵まれた。いつもなら、午前中のひとときくらいしか風が穏やかではないようなのだが、なぜか快晴で無風。ひとたび荒れると、海のように波立つ湖面がピタリと静まりかえっている。ポイントに入って湖面を覗き込むと、水深数メートルはあろうかという場所なのに、底の石がきれいに見えている。素晴らしい透明度だ。

「ここは、すごい大物のレインボーがいますからね。うかつに投げていい加減にリトリーブしてたりすると、ドカンときて一気に竿まで持っていかれますよ。気を抜かずにやってくださいね」と、引地クンに脅かされ、かちんかちんに緊張しながらフライロッドを振る。あまりに心臓がドキドキして、不整脈じゃないかと疑いたくなるくらいだ。

指示にしたがって、百二十度くらいの角度をいろいろな方向に狙ってみる。何投目だったろうか。いきなり、ぐんとラインが引っ張られる。合わせると力強い引き。が、脅かされたほどでもない。下に向かってもぐりこむようだ。引き寄せてみると、予想通りアメマスだった。

美しい。阿寒湖のそれより、ヒレがすべて鮮やかに黄色い。熱帯の蝶のようだ。

また何投かする。と、ふたたび強い当たり。レインボーではなさそうだ。アメマスとも少し違う気がする。と、船端に寄ってきたのは照り輝く銀白色。サクラマスだ！　実を言うと、野生のサクラマスを釣ったのは生まれてはじめて。思わずはしゃいだ大声で、「サクラマスだ！　サクラマスだ！」と連呼してしまった。

記念撮影のあと、マスを湖面に放ってやる。私の手のひらがむごくも剥がしてしまったいくらかの銀鱗を、澄みきった湖水に紙吹雪のように散らしながら、魚は棲《すみか》に戻っていった。きらめきながらゆっくり散り沈んでいく銀の輝きを、私は放心したようにいつまでも眺めていた。

岡倉天心

夢を釣る詩魂

魚が喰わなくなると本を読みはじめ、一度読み出すと脇で船頭がいくら大物をあげても見向きもしない。読書には船中がもっとも良いと言っていたらしい。

五浦六角堂を海から望む

photo by Tadashi Okakura

おかくらてんしん
一八六二年―一九一三年。横浜生まれ。思想家、哲学家、美術評論家。文部省に勤務後、横山大観をはじめとする画家たちと日本美術院を創立。東京美術学校（現・東京藝術大学）の設立に大きく貢献した。六角堂は東日本大震災の津波で流されたが二〇一二年四月に再建された。

岡倉天心の名を初めて知ったのは、高校二年の秋。しかも、その知り方は、自分の父親が書いた著作を読んだため、というかなり特殊なものだった。その年、詩人で評論も書いていた私の父親は、ひと夏を富士のふもとにあった小屋にこもって書き下ろしの評伝を執筆していた。そのタイトルが『岡倉天心』。締め切りに追われてヒーヒー言いながら仕上げたのであろうその本は、十月に刊行された。

別に孝行息子というわけではない私であるから、父の著作の良き読者だったことは、今に至るもあまりない。しかし、なぜかその時は、新刊として自宅に積まれたクリーム色のシンプルな装丁のその本を、すぐにひもといてみる気になったのだ。ところが、読みだしたら止まらなくなった。面白いのだ、この岡倉天心という人物。オレの文章がいいからさ、などとうそぶく父親の声がどこかで聞こえる気もするが、まあ、それは認めよう。といって、もちろん、文章だけで評伝が成功するはずもない。対象となった人物の魅力こそが、読み手の感情を惹きつけるのである。

まず、天心の生涯を年譜にしたがって述べると、こんな風になる。

一八六二年(文久二年)横浜に生まれる。生家は、生糸商。八歳でジェームズ・バラの塾に通い、英語を学ぶ。十四歳で東京開成学校入学。十六歳で、東京大学と改称された開成学校の文学部に入り、主に政治学と理財学を学ぶ。このあたりでもう、とてつもなく優秀な若者のイメージが浮かんでくる。近寄りがたい。

十八歳で大岡もと（当時十四歳）——この奥さんは、どうも私の父方と親戚筋らしい——と結婚。十九歳で東京大学を卒業し、文部省に入る。面白いことに、この文部省入省の遠因は、幼妻もとのヒステリーらしい。天心は東大の卒論として、英文の大論考「国家論」を苦心して仕上げたのだが、当時妊娠中だったもとさんとささいなことから喧嘩になり、なんと彼女はその論文を前後の見境もなく焼いてしまったのだ。そこで仕方なく天心先生が二週間で書き上げたのが、「美術論」という短い論文。これが、美術方面の仕事につくきっかけとなったようだ。しかし、もとさんの性格、私が洩れ聞いているわが一族の女性連にそっくりで、ひどくフクザツな気分にならざるをえない。

二十一歳から二十三歳まで、文部少輔（現在の事務次官）九鬼隆一や日本美術を研究していたお雇い外国人アーネスト・フェノロサとともに、京畿地方の古社寺を視察。この時開帳させた法隆寺夢殿の秘仏・救世《くせ》観音に感銘を受ける。この経験は、のちに法隆寺の金堂壁画の保存をはじめとする京都・奈良の古社寺の保存を強く推し進める晩年の天心の行動に結びついた。こうした天心の努力に高い評価を与える論の中には、今でも京都や奈良にたくさんの観光客が集まるのは、天心のおかげなのである、と述べているものも少なくない。もっとも一方では、天心は、より良い環境、たとえば美術館などで仏教美術を保管すべきだという名目で、フェノロサと共に多くの作品を海外の美術館に売りとばした、自分自身でも後年ボストン美術館に職を得た時に、いいものを買いあさって海外流出させたという風に、彼のことをあまりよく言わない人たちもいる。人物評価というものは、まことにどうも、むずかしい。

二十五歳で、ヨーロッパ美術を視察し、二十九歳で東京美術学校、のちの芸大の校長になる。美術学校での彼の講義は、美術を歴史性・文明性の観点から巨視的に眺める該博《がいはく》なものだったため、門下からは優秀な人材が輩出した。しかも、従来軽んじられてきた職人技の工芸に対して、いわゆる美術と同等の扱いで臨《のぞ》んだ点が画期的だった。近代日本を代表する詩人・高村光太郎の父で、市井の彫刻師だった高村光雲も、岡倉天心の要請で美術学校の教授になっている。

すでにここらあたりで、常人の一生分くらい活躍しているのだが、天心先生、まだ三十歳。このあと、文部省時代の上司・九鬼隆一夫人の初子と不幸な恋愛をし、その絡みもあって三十七歳で美術学校の校長をやめざるをえなくなり、今度は日本美術院を旗揚げ。橋本雅邦が主幹、天心は評議委員長、メンバー、というか事実上は天心の門下生として行動をともにしたのは横山大観、菱田春草、下村観山といった、近代日本画に一時代を画した巨匠たち。ため息がでてくる。

ところが、日本美術院の運営が経済上思わしくなくなると、煩雑な業務を嫌ったのか、天心はインドに出かけ、かの地の詩聖タゴール――周知のことだが、タゴールは後年ノーベル文学賞を受賞した――と知己になり、彼の家族と親しくなった。この頃から数年の間に、彼のたった四つの、それも英文の著作『東洋の理想』『東洋の目覚め』『日本の目覚め』、そして『茶の本』が執筆された。

四十三歳で、ボストン美術館の中国・日本部の顧問に就任。今でいうところの、海外への頭脳流出だ。四十五歳で茨城県の五浦《いづら》海岸に住居と日本美術院を移す。釣りに興じつつ、土地の人々と親交を持ちつつ、大観や観山、春草、木村武山たちの良き指導者であり続けた。五十歳の時、ハーヴァード大学からマスター・オブ・アーツの号を贈られる。五十一歳で再びインドに赴き、タゴール家の親族で繊細な詩を創る未亡人プリヤンヴァダ・デーヴィ・バネルジーと出会う。彼女とのプラトニックながら燃え上がる恋が、天心の最晩年を彩った。翌年、五十二歳で永眠。

途中に挫折・蹉跌のたぐいはあるものの、実に立派な生涯というほかない。ただ、英文著作

『東洋の理想』――仏教をはじめとする東洋の宗教が、いかに見事に美術と結びつき、しかも、その伝統がいまや日本にのみ完全に保存されている事実について、博識と実地の見聞を融合させながら語った東洋と日本再発見の書――の冒頭にある「アジアは一つである。」という言葉に代表される、東洋文明を称揚し、日本の文明的使命を鼓舞する彼のアジテイティヴな側面が、アジアへの日本の拡大政策を推進する人々に恣意的に使われたせいで、なんだかガチガチの日本至上主義者、西欧排撃家みたいな印象までくっつけられてしまい、いまひとつ近づきにくい人物のように受け取られてしまってきた観もあるのは事実だ。

わが父が物した評伝は、そのあたりを訂正しようという意図で書かれたものだった。だから、そこに登場する天心先生はかなり軟派で洒脱なロマンティスト、明治を背負って立った有為の人材・教育者というよりもむしろ、さまざまな内部矛盾を抱えた一個の詩人として描かれている。幼い頃亡くした母への思慕を秘めた母恋い型の甘えん坊、ボストン美術館時代に後ろだてになってくれた富豪ガードナー夫人が言うところの、「非常に面白くて深味があり、精神的で、また非常に女性的な人」。

あるいは、デュマの小説やコナン・ドイルのシャーロック・ホームズ物を愛読し、子供たちにそれを面白おかしく翻案して語る父。そして、妻が行方知れずになっている武士に命を助けられた狐が、恩返しのために彼の妻に化けてともに暮らし、しかし、本当の妻が戻ってくることがわかると、泣く泣く生まれた子供を置いて森に帰っていく、いわゆる「信太妻」の伝説をもとにした悲恋オペラを英文で創作し、また、遠いインドの恋人にこれぞ恋文の見本というべき手紙を書く男。

実は、岡倉天心とインドの閨秀《けいしゅう》詩人プリヤンヴァダの往復書簡については、私自身その後深い関わりを持った。父の評伝『岡倉天心』が刊行されてから数年経って、平凡社から全九巻の『岡倉天心全集』が出版された。その刊行中に、すっかり失われていたと考えられていたプリヤンヴァダからの来信十三通——実際には、もっとたくさんあっただろう——が見つかったのだ。天心の手紙で残存しているのが十九通、合わせて三十二通の手紙をまとめて父が訳し、全集の付録とすることになったのである。

だが、当時私の父は、『折々の歌』という新聞連載をはじめたばかりで、プリヤンヴァダの手紙を訳している余裕がない。で、まだ大学生だった私を、割りのいいアルバイト料と「翻訳こそ日本語の訓練によいのだぞ」、という甘言で釣ったのである。まんまとその罠にはまった私は、かそけくも美しく、また、夢幻的な論理に満ちた女性詩人の独特の英文の翻訳にとりくみ、大変な苦労をするはめになったのだ。その成果は、ずいぶんあと、一九九七年に親子の共訳の形で平凡社ライブラリーの一冊に収められた。タイトルは『宝石の声なる人に』。古風でゆかしい恋文を書きたい向きには、きっと参考になると思うので、興味のある方は一度手にとってみていただければさいわいである。

そういう、いわば個人的思い出もあって、彼らの書簡には愛着がある。むやみに引用したくなるが、天心先生の甘えたフレーズをいくつか紹介するにとどめよう。すべて、私の父・大岡信の訳である。

「またお手紙いただけないでしょうか、すぐに？　見捨てられた孤独な魂に施しを恵んでくださるだけのことですから。あなたのお暮らしやお考えについて、どんな些細なことでも話していただけたらうれしいのですが。お別れしてから幾星霜が過ぎたような思いです。ちょっとはお変わりになりましたか。」

「私に好意を寄せてくれる人々の困ったところは、私が人生の重荷を背負いきれない弱虫であることを彼らが認めず、私の力を信頼しているということです。彼らは私が世界に直面するために勇敢さと自恃の仮面をつけているにすぎないこと、一皮むけば、一揺れごとに震えあがる、臆病で小心な存在でしかないことを知らないのです。私は恐怖心から誇らしげにふるまっています。私は優しい高貴な方の衣のひだに顔をうずめ、泣いて泣いて泣きたいと思います。私は愛撫され、抱きしめられ、ふらちきわまることをするのを許してもらいたいと思います。さあ！　これこそ、あわれでみじめな私の自我の写真です。うんざりなさいませんか？　私はうんざりです。」

「私は終日、浜辺に坐し、逆巻く海を見つめています――いつの日か、海霧の中からあなたが立ちあがるかもしれないと思いながら。あなたがもっと東へやっておいでになる日もあるのでしょうか――中国へ――マレー海峡へ――ビルマへ。ラングーンなど、カルカッタからなら石を抛《ほう》り投げるほどの距離でしかないのに。空《むな》しい空しい夢！　でもなんと甘く美しい。」

「ほんとうに、私たちはみな一体なのです。もし私たちが、雲を冠にいただいたどこかの山で出会うことができ、アジアの一体性《ユニティ》について、また東洋をより緊密に一体化するものについて、生涯のあいだ書きつづけることができたなら、尽きることのない歓《よろこ》びでしょうに。どうして私たちはずっとずっと以前に会うことができなかったのでしょう。でも、とうとう会うことができたのですから、感謝しなくてはなりません。」……

　死のわずか一年前、ほんのひと月足らずのあいだに数回しか顔を合わせることがなかった女性に向かって、これほど魂のすべてをあずけて甘える文章――ほんとうは、もっと哲学的だったり、雄大だったりする箇所を引用しなければならないのだろうが、あえて天心の一番柔らかな心のひだがでている部分を選んだのだ――が書ける、そして、相手もそれに熱烈に応える関係をつくりうるような人間を、詩人以外のどんな言葉で呼べばいいだろう。

そんな予備知識を持ってから『東洋の理想』や『東洋の目覚め』を眺めると、西欧の暴虐的植民地主義に隷属《れいぞく》する東洋を憂い、目覚めをうながす部分よりむしろ、愛や合一、果たせぬ夢といった感覚を呼び起こす文章に目がいく。たとえば、すでに述べた『東洋の理想』の有名な冒頭、「アジアは一つである。」に続く部分で、天心は「すべてのアジア民族にとっての共通の思想的遺産」として、「窮極的なもの、普遍的なものに対する広やかな愛情」を挙げる。

また、茶道について、そして、茶道を発展せしめる根拠となった道教について語る『茶の本』。ここでは、「茶道は、日常生活のむさくるしい諸事実の中にある美を崇拝することを根底とする儀式」であり、「本質的に不可能なものの崇拝であり、われわれが知っている人生というこの不可能なものの中に、なにか可能なものをなし遂げようとする繊細な企《くわだ》て」なのだと断じている。

私流にこれを解釈するなら、岡倉天心は「窮極的なもの」、すなわちこの宇宙における生の不可思議を愛し、その謎がついに不可知であることを承知しつつも、生のうちにある美を慈《いつく》しむことに生涯を賭けた、という風になるだろうか。その地点から見た「アジアは一つ」であり、分析的・還元的文明をもって迫る西欧への無自覚な追随を排した「自己への回帰」であり、内なる全的真実・全的幸福の回復と勝利であるはずなのだ。さらに言うなら、人間の限界を知り抜いたうえでなお燃える、宇宙の美・世界の美と合一することへの思慕を表明しているのだ、と思える。

そんな人物が、さて、釣り好きだったという。天心夫人元子《もとこ》（もとさん）さんの回想によると、茨城の五浦に越してからは、日和さえよければほとんど毎日海に出ていたそうだ。釣りも季節ごとにいろいろあるが、そのたびごとに鯛釣りなら鯛の名人、鱸《すずき》釣りならやはりその道の名手に指導を仰ぎ、会得するまでは徹底的に習うというやり方。天心の気質がうかがえる念の入った方式である。

夜十一時ころまで翌日必要な釣道具をこしらえ、翌朝三時には食事を済ませて舟に乗る。お供は、たいてい渡辺千代次、もしくは鈴木庄兵衛という船頭さん。それから、舟の中で読む本。魚が喰わなくなると本を読みはじめ、一度読み出すと脇で船頭がいくら大物をあげても見向きもしない。読書には船中がもっとも良いと言っていたらしい。奇妙な釣人である。いったい、どんな思いで釣りに興じていたのか。

彼が釣りにのめり込んだ四十五歳という年頃を越えたあたりから、同じ釣り好きとして私はそれがずっと気になっていた。二十代には狩猟を好んだと伝えられているから、単に原始的な遊びを好むタイプだった、という推定も成り立つ。たしかにそういう部分もあるだろう。しかし、船中が読書に最適、と述べていたことや、プリヤンヴァダとの往復書簡で釣りについて触れている箇所を読むと、どうもそれだけではないように感じられる。書かれた内容から天心の心持ちを推し量ることも、できなくはない気はするが、やはり彼が釣りに没頭した現場に行ってみて考えたい。

と思いつつも、五浦にでかけるいい汐《しお》を見つけられずに過ごしていたところ、二〇〇四年の年末、耳寄りな情報が飛びこんできた。天心直系の五代目にあたる方が、写真家になっているというのだ。しかも、その写真家・岡倉禎志《ただし》さんは、天心がひいきにしていた船頭渡辺千代次さんの孫にあたる渡辺栄次さんと、とても親しいとのこと。これが汐だ！ と喜んだ私は、明けて新年一月半ば、常磐自動車道を飛ばして北茨城の五浦に向かった。

まずは、岡倉禎志さんと待ち合わせた天心記念五浦美術館に赴く。天心の旧居・日本美術院研究所跡地の北側に建つこの美術館は、いわゆる美術館的ものものしさのない、感じのよい建造物だった。中に入ると、岡倉さん、そして、美術館長の大久保武さんが出迎えてくれる。ほとんど初対面に近い――私はすっかり忘れていたのだが、以前、仕事で一瞬すれ違ったことがあったらしい――岡倉さんの風貌を目にして、私は感じいってしまった。眉から目許にかけて、写真で見る天心にそっくりなのだ。頬が豊かだった天心とはちがって、五代目氏は痩せ形だが、それでもＤＮＡのつながりは隠しようもない。と、岡倉さんにとってはあまりうれしくはないかもしれない観察を頭の中で転がしながら、ふいに私は笑いだしそうになった。岡倉さんは天心だけではなく、その奥さんの元子さんの血も引いている。彼女は、わが大岡家の血縁である可能性が高い。となれば、岡倉禎志さんと私は、遠い遠い親戚かもしれないのである。血のつながりとは、まったくもって異なもの味なものだ。

最初に案内されたのは、この美術館のかなめ、常設展示の「岡倉天心記念室」。復元された天心の書斎や、天心みずからの原案によって設計された釣り船「龍王丸」の、実物大の復元モデルが置かれている。櫓舟とヨットが合体したような形で、船尾に舵、船底中央にはやはり舵のように見える真鍮の大きな板が突き出ている。どういう使い方をしたものなのだろうか。舟を安定させる装置か？

驚いたのは、舟の意外な小ささだった。さしわたし三メートルくらいだろうか。どのくらい沖合いまででかけていたのかわからないが、茨城の海は、言うまでもなく東京湾のような内海と違って波が荒い。よほど船頭の腕がよくて、しかも、その腕に対する確たる信頼感なしには、とてもとても沖になど出ていけるものではない。ちょっとでも風が吹いたら、どんなことになるか想像して身震いしてしまった。こういう小ぶりな舟に乗って、悠々と読書するとは、天心先生も豪胆なものである。もっとも、この舟が完成して天心が初乗りを楽しんだのは、彼が没する年の四月。実際に乗ることができた期間は、わずか四十日余だったようだ。

ほかの展示品も興味深い。東京美術学校の学生だった当時、横山大観と菱田春草が授業の課題で描いたクワイの写生とか、すでに述べた「信太狐」を題材にしたオペラ『白狐（The White Fox）』の台本などなど、いろいろある。その中で、懐かしい風情で私の目を惹いたのは、天心自筆の漢詩と英文だった。かつて大学生時代、コピーされた写真資料として馴染んだ、右肩下がりの独特な漢字とかな文字。佶屈《きっくつ》として威厳がありながら、同時にどこか不安定とおおらかさを感じさせる不思議な字。反対に英文の方は、ペン習字のお手本のようにきれいで柔らかい。女性的、と形容して間違いはないだろう。ガードナー夫人が言うところの、「女性性」と行動家・男性性の奇妙な同居。予備知識なしで見せられたら、日本文と英文の書き手が同一人物だとは、到底思えないにちがいない。

ひとわたり館内を案内していただいたあと、大久保館長から天心にまつわるおもしろい話をさまざまうかがった。印象的だったのは、天心の建築思想だ。日本美術院兼住居を建てる時、彼は海にむかって下っている土地の特性——最後は、ちょっとした崖になっているのだが——を生かし、そこに建物があるとは見えないようなデザインにするよう指示したのだそうだ。たしかに、翌日跡地を見学した際、ああ、これか、と納得したのだが、敷地の入り口になっている長屋門から中に入ると、海の方角に向かって小道が下っている。しばらく降りていくと、道は右方向、西側に向けて曲がっていく。やがて、ふいにという感じで、岩陰から旧居が姿をあらわすのだ。旧居の屋根の高さは、長屋門の土地よりもやや低い。わざわざ土地をえぐって、門から家が見えないようにしつらえたのである。家が突然現れる驚きを演出し、かつあたりの景観の自然さを壊さないようにするアイデアは、さすが「驚きこそが至福の秘密」と考えていた人物にふさわしい。

館長の話をもっとうかがいたくはあったが、渡辺栄次さんにも会いたかったので、名残惜しいが四時間ほどでお暇《いとま》した。なにしろ、栄次さんの船に乗せてもらって、日本美術院の跡地、なかんずく天心が思索にふける時にこもっていた崖際の六角堂を海から見る、というプランがあるのだ。日が暮れてしまっては、意味がない。

渡辺栄次さんは、天心記念美術館と天心旧居をはさんだ西側で、漁師料理の店と干物店を営んでいた。店の名前は、ずばり「天心丸」。岡倉天心の娘・駒子（高麗子《こまこ》）さんがそう名乗ることを許してくれたそうである。かっぷくのいい豪快な雰囲気の男性が、小ぶりのアンコウ——このあたりの名物だ——や巨大な穴子、イカなどをさばいて天日に干しつつ、干しあがったばかりの干物を炭火でまさに豪快に焼いている。立ち寄る人々に、試食させているのだ。いや、試食なんてものじゃない。それだけで腹がいっぱいになるほど振る舞ってくれる。商売なのか無料食堂なのかわからなくなるくらいだ。

ひと目見ただけで、私は栄次さんにほれこんでしまった。おじいさんの千代次さんもこんな様子だったのなら、なるほど、天心先生がひいきにしていたのももっともだ、という気がしてくる。能弁なのだが、決していわゆる流暢な喋り方ではない。もっとずしりとして、含蓄があって、にもかかわらず明るい。親切で開けっ広げだが、かすかに抜け目なさも漂う。と、同時に、自分なりの倫理をきっちり持っている人に特有の清潔さがあり、夢見る少年の匂いがあった。栄次さんは怒るかもしれないが、宗教家になったら信者がぞくぞくできそうな感じ、といえばいいだろうか。

彼の先導で、車で三分くらい西に走ると大津漁港に着く。そこから、栄次さんの持ち船で、海に出た。

堤防から沖に出て岬をめぐると、なるほど五つの浦・五浦《いづら》の名の通りの景観がある。一、三十メートル切り立った崖に、小船が避難できそうな入り江が間を置いて続いている。そんな入り江の突端――南から小五浦・大五浦と続く磯の、「小」と「大」の境目の岬――に、丹の色、つまり赤土色の六角形がぽつんと置かれていた。どこか、異空間めいている。海の透明度が素晴らしいことも、異空間の感じを強調している。水深七、八メートルはあるだろうが、水底のウニのとげまではっきり見える。アワビの宝庫であるらしい。

　操船しながら、栄次さんが朗々と天心先生の言行を教えてくれる。百年前にすでに、栽培漁業の重要性、海における山林の大切さを説き、漁業や農業だけではない多角的経営の将来性を語り、土地の漁民たちの相談役となった岡倉天心の姿を。そして、釣人であるにもかかわらず、釣りの技術を究めると、あとは実際の釣りには不熱心になったことも。栄次さんは、祖父をはじめさまざまな関係者から聞き集めた天心の言行を忠実に守り、五浦の自然を保存すべく、日夜努力しているらしかった。

　私は彼の朗々節に聞き惚れ、そのままの状態で漁師料理屋天心丸で痛飲した。栄次さんみずからが焼いてくれるイカの肝焼きやアンコウのどぶ汁の、とんでもない美味に舌鼓をうちながら、いつしか岡倉禎志さんと渡辺栄次さんとともに呑んでいるのではなくて、岡倉天心と渡辺千代次にはさまれて呑んでいる気分になった。素敵なタイムマシンだった。

翌日、天心邸を保存している茨城大学五浦美術文化研究所のご好意で、天心邸と六角堂に特別に入らせてもらった。圧巻は、やはり天心の籠もり部屋・六角堂だった。

天心にとって思い出深い夢殿の形を模したという——夢殿は八角形だが——六角堂。四畳半くらいの広さだろうか。海に面した側はガラス戸で、右手陸側の一辺が三十センチほどくぼんだ床の間風になっている。入ったとたん感じたのは、一種のめまいだ。カプセルに入った状態で大海原に浮いているような、宇宙空間で無重力状態になったような、そんな奇妙な感覚があった。そして、それが収まってくると、今度はひたひたと、温かくて、少し哀しい充足感、大いなるなにかと親和したような気分が満ちてきた。ああ、天心はこうやって浮いていたんだ、束の間だけ。そして、ついに手に入らない憧れを釣っていたのだ。

「ずっと昔、私は狩猟に熱中しましたが、今は釣りに夢中です。昨日、今夏はじめて海に出ました。もっともこれは主として夢を釣るため、また苦悩の想いから逃げ出すためのものでしたが。」(天心書簡)

「あなたは海が好きですね。私もです。(中略)海は私に、地上に縛りつけることのできない、死が境界づけない、そして無限すらもその中に含むことのできない、生命や愛について考えさせました。(中略)話してください、海からどんな夢を釣りあげてお家にもって帰られたの

ですか。楽しい夢？　私にもいくつか送ってください。」（プリヤンヴァダ書簡）
「三日前、私は新しい船を進水させました――竜王（ドラゴン・キング）丸です。（中略）私はよろこびの大洋にただよっているのです。これが私をどの岸辺まで運んでくれるのか知りません。またどこだろうとかまいはしないのです。」（天心書簡）
この手紙を書いて二ヶ月後、天心はこの世を旅立った。彼の詩魂は、今どこで、どんな夢を釣っているのだろうか。

福田蘭童

乾いた不思議な笛の音が…

男子憧れの不良とは、
まさに彼のごとき人を言うのだろう。

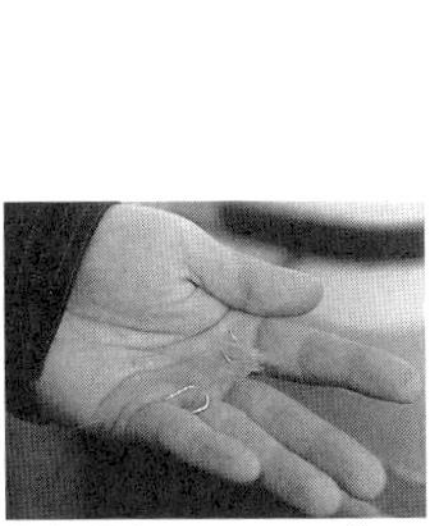
蘭童が発案したコンドーム鉤

ふくだらんどう
一九〇五年―一九七六年。父は画家の青木繁。尺八奏者の傍ら、ラジオ草創期の作曲家として活躍。NHKラジオドラマ「笛吹童子」のテーマ曲を手がける。人気女優とのスキャンダルが話題になった。料理や釣りを得意とする趣味人で、洗練された随筆を残している。

小学校・中学校時代を通じて、春休み、夏休みの間はかなりの回数、そして、学期中もさほど頻繁というほどではなかったが、私はよく釣竿を握っていた。ところが、高校に入って以後は、ほとんど釣りをしなくなってしまった。人生に思い悩むという人並みを経験しつつあった、というのがちょっとカッコをつけた理由だが、本当のところは自分でもよくわからない。釣りに限らず、すべてがなんとなく億劫になっていたのである。

ただ、釣りの本、とりわけ開高健の『フィッシュ・オン』は、思い屈した時に何度となく繰り返し読んだ。全篇どこもかしこも好きだった。が、しかし、一ヵ所、単に「好き」とのみは言えない、微妙に気恥ずかしい、それでいて好奇心いっぱいの気持ちで読む部分があった。著者がキングサーモンを釣りにアラスカへとでかける第一章に、その箇所はある。

「東京を発つまえに私はコンドームを持って渋谷の福田蘭童《らんどう》氏が経営する小料理屋『三漁洞』へ氏を訪れた。（中略）

ビルの地下の『三漁洞』の小部屋で私は蘭童氏から親しくコンドームの切り方、それの鈎へのつけかたを手ほどきしてもらった。天才は優しくて気さくであったが、奇妙に言語不明瞭、かつたえまなく笑うので、いよいよ聞きとりにくくて、ひとかたならず困らされた。けれど、おおむね判聞したところでは左のようであった。『コンドームをこう方錘形に切る。それをこう鈎にかける。これを海におろしてひょいひょいしゃくる。しゃくりかたがまずいとどうしようもない。熱海《あたみ》の沖あたりへあんたをつれていってカマスなどで実験してみせてあげたいが、アラスカにいくのでは時間がない。これは戦時中に私が発案した釣法だが、当時、漁師が軍隊にとられて生餌が入手できないので、やむなく擬餌に転向した、その結果であった。ありとあらゆるものを使ってみた。志賀直哉《なおや》さんのヒゲを毛鈎に使ってみたこともあった。このコンドーム釣りを漁師に教えたところ、一匹も釣れないという。よくよく聞いてみると、野郎、欲ばって大物を釣ろうと思い、如意袋を切らないでそのままつけたのだとわかった。しかも先端を切らなかったから水がいっぱい入ってダルマみたいにふくらんじゃった。バカなはなし』

氏は世界各国を釣り歩いたが、この釣法のおかげで、出発のときどれだけ大量に用意しても奥さんに怪しまれることがないのだといって笑った。また、現在のようにゴムやビニールの擬餌がこうも流行すると知っていたら特許申請をしておくのだったといって嘆いた。」

結局開高さんは、アラスカでこのコンドーム釣法を試さなかったようなのだが、色気づきはじめた――いや、正直になろう、色気まっさかりだった高校生には、コンドームという文字だけですこぶる刺激的だった。当然のこと、この釣法の開発者にして伝授者である福田蘭童の名もまた、私の脳裏に刻み込まれたのである。

もっとも、当時の私は福田蘭童がどういう人物であるのか、まったく知らなかった。井伏鱒二の『川釣り』の中で海釣り、川釣りの天才と書かれているとか、引用中にあった志賀直哉のヒゲのくだりとか、『フィッシュ・オン』の記述だけでもスゴいと感じたが、なんだか正体不明の怪人にも思えたのである。

ようやくその正体が判明したのは、大学に入ってからのことだった。日本近代洋画史に異彩を放つ不遇の天才・青木繁について書かれた本を読んでいる時に、尺八奏者として著名な音楽家・福田蘭童が青木の息子である、と記されていたのだ。へえっ、と驚き、ああ、子供の頃近所の中学生が歌ってた、あのヒャラーリヒャラリコ、ヒャリーコヒャラレロ、だ〜れが吹くのか不思議な笛が……という「笛吹き童子」の主題歌を作って吹いていたヒトなんだ。なになに？　クレージーキャッツのメンバーで、現在は料理研究家として有名な石橋エータローは、福田蘭童の息子？

なんとも強烈なラインアップである。青木繁の代表作『海の幸』や『わだつみのいろこの宮』は、すでにブリヂストン美術館の展覧会で目にしてその異様さに感銘を受けていたし、その上クレージーキャッツとくれば、日本最初の音楽バラエティー番組「シャボン玉ホリデー」

で育った世代であり、中学に入ってからはクレージー映画のリバイバルを追いかけてもれなく見ていた私としては、唸り声のひとつやふたつはあげなければならないところだ。怪人・福田蘭童が、この豪華な血縁リレーの中継ぎ走者だったとは！　だが、怠惰な私は、この時もただ驚きっぱなしにしてしまっただけだった。尺八の音色は好きだったが、わざわざレコードを買うほどではなかったし、まさか福田蘭童が端倪《たんげい》すべからざる文章家であるなど想像しもしなかった。そして、天才怪人は私の頭の中で静止したまま、記憶の一項目と化したのだった。

彼にいくつかの著作があると気づいたのは、三十代の終わり頃だった。偶然にも、そのあたりから私はふたたび釣りにのめりこみはじめ、釣具屋に足しげく通うようになり、その売り場でスキンサビキなどを手に取ったりしていた。こうなったら、やはり元祖に敬意を表して一読しておかねばなるまい、と、私は古本屋から彼の『わが釣魚伝』『サオをかついで世界漫遊』を取り寄せた。一読三嘆、抱腹絶倒。永遠の少年、いや、永遠の悪ガキとでも評すべき赫々《かくかく》たる武勲、釣歴が描きだされている。男子憧れの不良とは、まさに彼のごとき人を言うのであろう。思わず知らず合掌しておがんでしまう。

父・青木繁とは生き別れ状態になり、栃木にある母・福田たねの実家で暮らしていた子供時代、近所を流れる鬼怒川の支流・五行川でコイやナマズ、うなぎを釣って、叔母にあたる女性に買い上げてもらっていた（!）記述からはじまる『わが釣魚伝』。のちに蘭童と号した幸彦少年は、「釣って釣って釣りまく」っている。それも、魚に限らない。カワウソを釣りそびれ、キツネに獲物を横取りされ、学校帰りに田んぼを荒らしながらドジョウをすくって大目玉を喰らい、それにもめげず家で大切に飼われているニワトリを釣りあげ、鳥屋に売り飛ばしたり川原で焼いて食べたりしようと企んで見事失敗、土蔵に放り込まれる。

業を煮やした祖父母が、「『お前の父親は青木繁という画家だけども生まれが九州のせいか、とても気性が激しく、気ぐらいも高かった。（中略）お前も父親の気性をうけついだせいか強情で乱暴で、このまま家におくと、よそさまの家にどんな迷惑をかけるかわからぬので』と言って東京の親類にあずける。すると、その親類のおじさんに小便をひっかけて怒らせ、結局は栃木に戻される。その際、ちゃっかり「トビツキ」という毛鉤をおみやげに買ってもらうのだから、筋金入りの釣り悪童だ。

そして、中学一年までさんざん五行川周辺をのし歩いたのち、再度幸彦少年は東京にやってくる。この出京当初のエピソードを書いた「東京への郷愁」の章は、出色のおかしさだ。

本郷でミノルおじという親戚の男性――小便をひっかけた「おじさん」とは別人――ととも

に暮らす彼は、すぐ裏手の釣り堀の主人と仲良くなる。五十くらいのその「オッさん」は「三十くらいのオバさんと二人暮らしで」、時折「年齢の差からくるヤキモチ」が原因の「大げんかをぶっぱじめることもあった」。その釣り堀で過ごしたあと、夕暮れになって幸彦少年は家に戻り、ミノルおじのために夕食を作ったり、家事をしたりする。

なかでも困ったのは洗濯で、「モモヒキだってサルマタだってやっかい」でたまらない。はきっぱなしでいて、汚れてきたら便所やゴミ箱に捨てたが、これは汲み取り人にもゴミ収集人に叱られた。そこで考えたのが、炊き方を間違えて黒こげにしてしまった飯――これも見つかるとミノルおじに怒られるので、隠してある――を「サルマタに包んでひもで結び、ひもの一端をつかんでグルグルグルと力いっぱい振り回しては庭先から遠くほうる」方式だった。「これは成功だった。弧を描いて飛び去ったメシとサルマタは雪の中か、あるいは四軒長屋の屋根を越えて釣堀の中に消えていくようであった。」

ひと冬をそんな風に過ごしたあと、「雪どけの春がやってき」て「釣堀にも客が集まってきた。」ある日出かけていくと、「釣堀屋のオッさんが」「『今日は、お客さんたちの魚釣り大会、つまりバクチのお開帳がこれから始まるデ、足音をたてたり、竿をのばしたりしてじゃましちゃなんねえぜ』」と言う。幸彦少年はすぐさま承諾し、餌運びなどの手伝いをしようと申し出る。

「三十人ほどの釣人は、道具をもってそれぞれの位置についた。貫々や尾数によってカケ金が左右されるのだから、どの顔にも真剣さがみなぎっていた。（中略）

その日は水温が下がっていたせいか、成績は香しくなかった。が、いちばんすみっこで釣っていた若い衆だけは線香が消えぬうちにマゴイを三本もあげていた。エサを変えたわけでもないのによく釣れた。だから他の釣師たちは、若者に羨望のマナコを一斉にむけてため息を吐くのだった。

若者に四尾目がかかった。わたしはタマ網をもってかけよった。ところが、竿が弓なりになっていても動きがない。スッポンでもかかったのかも知れない、と思いながら水面をみつめていると、白いものが浮いてきた。氷と水がはいった氷のうみたいなものだった。よくよくみるとカンピョウぐらいの幅のあるひもがついていた。たしかに見覚えがある。

『あッ、あのサルマタだッ』

わたしは心のなかで叫んだ。黒こげになったメシをサルマタに包んで捨てたあの日、あの夜の思い出が、水ぶくれとなってわたしの目の前へあらわれてきたのである。わたしはびっくりして逃げだそうとすると、若い衆の隣にいた人相の悪い男が、

『おい。よく釣れると思ったらおれたちにないしょで、寄せエをしておきやがったな……』と、他の者にも聞こえるようにどなった。」

こうして、幸彦少年のサルマタはとんでもない大騒動に発展する。人相の悪い男は、若者に、お前がやったんじゃなければ、釣り堀屋の「カカア」がお前に釣らせるために寄せ餌を仕込んでおいたにちがいない、なんせお前は若いし顔もいいから、「カカア」はぞっこん惚れてるってうわさだ、などととんでもないことを言いだす。

ふたりの言い争いを聞きつけて「オッさん」が駆けつけてくるが、因縁をつけた男はさらに火を大きくするように、「『お前さんのバシタ（女房）が、この若僧にぞっこん参っているというこった』」なんて吹き込むから、さあ大変。ただでさえ嫉妬深い「オッさん」家に駆け込んだ。

「ののしりあいの声が交互に伝わってきた。と同時に、チャワンやドンブリが勢いよく飛んできて堀の中へボスン、ボスンと音を立てて沈んでいった。それどころか、ガラスの割れる音がしたかと思うと、オッさんはチャダンスを抱きながら外へ出てきて、

『おれァ常にモッコフンドシしかはかねえのに、サルマタが浮くなんて、おめえは、あの若いやつとアイビキしてたんだろう……』

という声とともに水面がボシャリ。

『なにをぬかすか老いぼれめ。モッコフンドシどころか、インキンタムシのフリキンヤロウのくせに……』」 若い女房は負けてはいない。しまいには「火バチがとび、座ブトンも飛んで」釣人も幸彦少年もこわくなって逃げだす。

なんともケッサクな「釣り風景」ではないか。しかも、この騒動の原因を作った若き蘭童少年は、懲《こ》りたのかというと、全然懲りてない。オチがある。この一件以来「こげメシや、タクワンのしっぽ入りのパンツによるフライングは釣堀とは反対の方角へ試みた」のだそうである。


子どもの頃の性格は、大人になったところでそう変わるものではない。蘭童先生ももちろんそうで、『わが釣魚伝』のこの章のあとでも、珍無類な型破りを遺憾なく繰りひろげている。水辺の釣りだけでなく陸釣りにも余念がないし、晩年の釣行を記した『サオをかついで世界漫遊』では、カダフィ大佐が例の革命を起こしたあとの戒厳令下のリビアにふらふらヴィザなしで入国し、あやうく牢屋にぶち込まれそうになったりしている。でも、事がすめばけろりとして、さばさば次なる場所に歩を進める。やっぱり、まごうことなき怪人である。

釣りを通じての交遊も豪華だ。志賀直哉とはヒゲをねだれるほど親しかったわけだし、国民的作家の吉川英治、ゾルゲ事件の西園寺公一、詩人では佐藤惣之助に室生犀星、日本人初のハリウッドスター上山草人、林房雄、檀一雄、井伏鱒二、瀧井孝作といった小説家連、音楽家仲間なら團伊玖磨などなど、今自分で書いているこの字面を眺めているだけで、私は目がくらくらしてきている。

こうしたいわば一流といっていい人々との交流でも、福田蘭童は悪ガキ的スタンスを決して崩さず、誰に対してもおごらずへりくだらず、愉快に楽しく対峙していて、その様子は文章からありありと感じられる。しかも、どんなに友情がある相手に対しても、どこか乾いた感覚が漂っているところが実に独特である。

非情というと、言いすぎだろう。離人感というのともちがう。きわめて利発な子供の容赦ない視線のようでもあるし、ある種の達観した観点があるとも見える。なにしろ、超ドライですべてのしがらみに拘泥しない雰囲気の、フシギきわまる文体なのだ。複雑な事情があって、息子である石橋エータローとの間に確執が生じた時期もあった――蘭童自身にしても、その幼少期の境遇は複雑だったわけだが――と聞くと、彼の文章と考え合わせ、それこそ妙に複雑な気分になる。充分生臭いくせに、福田蘭童には人界離れしたところがある。漂白とか生来無一物とか、禅めいた印象の言葉さえ頭に浮かんでくるほどだ。

本題から、ずいぶん遠い地点に来てしまった。話を戻そう。コンドーム釣法など恥ずかしくて試せなかった高校生時代は遠い昔となり、別にいばるわけではないが、今では堂々と薬屋でコンドームを購入できる中年になった。いや、おかしいか。若い人から見ると、中年になんでそんなもの必要なんだ？　と冷たい目で見られてしまうかもしれないが、まあそんな批評的視線はどうでもいい。葉桜から洩れる光がまぶしい四月末の一日《いちじつ》、渋谷は円山町にあるわが仕事場近くのコンビニで、ピンクと緑の超極薄製品を前夜のうちにあがなっておいた私は、長年の懸案であるかの釣法の効果を知らんがため、真鶴半島と湯河原の間にある福浦の港に赴いた。なぜ福浦かというと、湯河原に別荘を持っていた福田蘭童がコンドーム釣法を発見したのがここの海だったからである。

早朝の港では、旧知の船宿よしひさ丸の船長・高橋稔《みのる》さん――あっ、今気がついたが、幸彦少年のおじさんもミノルさんだった！――が、船の支度をして待ちかまえてくれていた。熟練の名釣師・御父君の嘉久《よしひさ》さんも同船している。狙う魚はイサキ。エビで釣れるんだから大丈夫なんじゃないかな、というミノル船長の意見で、旬のこの魚を選んだのである。

船は初島沖にむけて走りだした。うねりが強いなあ、うまくないなあ、と船長は気づかわしげに言う。私は、母方の祖父が湯河原に住んでいたせいで子どもの頃よく遊んだ吉浜海岸を眺め、また反対側の真鶴岬をかえりみつつ、前夜用意したコンドームを針にちょんがけする。

実は、このコンドームが厄介きわまるしろものだったのだ。蘭童氏の文章によれば「コンドームが薄かろうが厚かろうが、色も白かろうが、伸びが悪かろうが、そんなことに頓着なく」魚はとびつくのだそうで、要は「コンドームの切り方にすべてがあるのだ。形は方垂状だが、短くても長くてもいけない」とのこと。しかし、「方垂」という単語は広辞苑には載っていない。あるのは、方錐と紡錘。方錐は底面が正方形の三角柱だから、たぶん唐辛子ウキのような紡錘形にすればいいのだろうと、ハサミを取り出して切りはじめた。

ところが、コンドームのヤツの切りにくさといったら！　ゼリーですべるのはまだいいとして、問題は本体のあまりの伸縮性の良さなのだ。文具店で買ったありきたりのハサミを使うと、その鈍重な切れ味に四苦八苦させられる。刃の圧力と摩擦で、世界に冠たる高品質のスキンは自由自在に引っ張られ、伸びて縮んでまた伸びる。切り口はどんどんささくれ立って、ちっとも思い通りになんか切れてくれないのだ。こうなると、高品質も良し悪しだと腹が立ってくるが、もちろんスキンの製造元はこんな使い方を想定してはいないのだから、責めるわけにはいかない。戦時中のものの方が、間違いなく切りやすかったはずだ。

一時間半近く悪戦苦闘して、ささくれだらけの紡錘形を数枚作り上げた。まことに心もとない仕上がりだが、しかたない。これでダメなら、今度はボール紙かなにかにスキンを虫ピンで固定して、カッターナイフで一気に切る方式で作って再挑戦だ、と腹をくって港にやってきたのだ。ちょんがけしながらも、私はそのぶざまなピンクの柔い物体に結構願いをこめていたりしたのである。

ポイントに到着すると、ミノル船長の指示に従って水深二十数メートルのあたりを探る。アミコマセは用意してもらっていたが、まずは原典通りコンドームのみで挑戦した。快晴だが、風があって波も高い。私は船の揺れに合わせ、あまり大げさではないしゃくり方で様子をうかがった。

エビ餌で釣っていた大艫《おおども》の嘉久大船長に、まずアタリがきた。三十数センチはある良い型のイサキだ。それから二十分ほどの間に、続けさまに嘉久大船長が三枚ほどあげる。だが、私の竿にはいっこうに反応がない。やっぱり切り方がまずかったのか、それとも大きさが間違っているのか、形がそもそもおかしいのか、いったいどうしたことであろうや、と、釣人にはおなじみの煩悶と焦りと疑惑と反省が脳の中で右往左往しはじめたその時、ぶるるっ、ぶるるっとイサキのあのうれしいアタリが穂先を揺らすではないか！

私は夢中でリールを巻いた。すると、三本針の真ん中、かなり大きめのコンドーム紡錘形を装着した一本に、見事イサキがぶら下がっていた。気恥ずかしさと興奮に端を発した三十年に及ぶペンディング問題に、今見事な回答がもたらされたのだ。なんともいえない満足で、私は笑いが止まらなくなってしまった。いやはや、三十年たっても、このバカさ加減だけには良き解決は与えられないようである。

結局、三時間ほどの間に、私は三尾の良型イサキ——どれも三十センチ以上あった——と、巨大なウマヅラハギを一尾手にしたのだった。福田蘭童開発の釣技は、たとえへぼ釣師が使った場合であっても、その威力を減じないことが、これによって証明されたと言えるのではないか。数ある巧緻なスキン製仕掛けに飽き足らなくなった向きは、一度お試しあれ。

釣行から数日後、私は渋谷駅前にある小料理店「三漁洞」を訪ねた。『フィッシュ・オン』にも登場したこの店の経営は、福田蘭童から石橋エータローに引き継がれ、現在は石橋エータロー夫人の光子さんが切り回している。

渋谷に仕事場を持って八年。しばしばのぞきに行く釣具店のそばにあるこの店を、いつも気にしていながら、私は今まで一度も足を踏み入れたことはなかった。なんといっても、蘭童・エータロー父子の店なのだ。ふたりの生涯についてさまざま知ってしまうと、しがない物書きとしては、さらりと入るにはどうも敷居が高くなってしまう。スゴい常連さんたちばかりが呑んでいて、場違いな闖入《ちんにゅう》者だと言わんばかりにジロッとにらまれたらどうしよう、などとあらぬ想像ばかりがふくらむ。が、コンドーム釣法を経験したからには、そんな気弱なことではいかん、と、わけのわからない気炎を上げ、一方小声で、取材なんだから大丈夫大丈夫、とみずからを落ち着かせつつ地下にある店内に入った。

するると、そこには拍子抜けするほどアットホームな、しかも昭和の匂いが漂う居心地のいい空間があった。青木繁の『海の幸』の複製画が掲《かか》げられた小上がりや、磨き込まれた黒光りする柱、石橋エータロー直筆のお品書きなどが、すうっとこちらの気持ちを穏やかな、ゆったり海に漂っているような気分にしてくれる。もちろん、料理も酒も極上だ。昨今の才気ばしった呑み屋のように、美味を勝負のごとく突きつけるのではなく、あくまでも客をくつろがせることに専念した旨さ。蘭童・エータロー父子――そして、現女将の光子さんもまた――が、生きる楽しみについて知り抜いていたことがひしひしと伝わってくるたたずまいであり、味だった。

あくまで品の良い美しさをまとった光子夫人は、小上がりのむかって右隅の席を示しながら、「いつもあそこで開高さんと義父《ちち》は釣りの話をしていたんですよ。まるで親子みたいに仲良く」と教えてくださる。その口調の、まるで、やんちゃだけれど自慢したくてしょうがない息子、あるいは長いつきあいの恋人について語るような調子に、目を瞠《みは》らされる。

「蘭童さんは、すごく魅力的な人だったんですね」と私が問うともなく言うと、打てば響くように光子夫人は、

「ええ。それはもう。とても格好がよくて、素敵でしたよ」と答えた。息子の嫁にこんなことを言わせることができる蘭童さんに、男としてちょっぴり嫉妬を覚えてしまう。一度でいい、会ってみたかったなあ。などと思いつつ、ふと気になっていたことを光子さんに訊いてみた。

「蘭童さんの湯河原のお宅というのは、どのあたりにあったんですか？」

「吉浜から新崎川という川に沿ってあがっていった鍛冶屋というあたりなんですよ。数寄屋造りのいい家だったけど、今はほったらかしのままで、昔の面影はなくなっちゃってますけど……」

「え？　鍛冶屋？」私はドキリとした。

小学生時分から高校生まで、夏によく出かけていた祖父の家は、まさにその鍛冶屋の川沿いにあったからだ。

くわしくうかがってみると、なんと、蘭童邸とわが祖父の家とは、数十メートルくらいしか

離れていないようだった。猛烈な勢いで記憶が蘇り、頭の中で無数の断片になり乱舞する。じゃあ、あのミカン畑の向こう側、川沿いを上流にむかってちょっと歩いたところにあったあの大きな家がそうだったのか！　ハヤやアユを手モリで突いたりしていたあの堰のむこう。ミカンをそうっと盗んできた畑の向こう。セミを捕るために、勝手にずかずか庭に入っていったあの家。

私が悪さをしていた昭和四十年代のはじめ頃から半ば過ぎまで、蘭童氏はよくそこに出かけていたそうである。とすれば、どうしようもない悪ガキで付近を飛び回っていた私は、きっとどこかで彼と出会っていたにちがいない。会うともいえないような一瞬のすれ違いに過ぎないが、たしかに私は福田蘭童の生身の波動圏内にいたことがあったのだ。

偶然のなんとも不思議な巡り合わせが、酒の酔いと混じり合っていく快感に身をまかせつつ、私はこれまで以上にいとおしくなった湯河原の記憶を、昭和が匂う懐かしい空間の中でじっくり噛みしめていた。どこからともなく、澄んだ尺八の音色が響いてくるような気がした。

123　福田蘭童　乾いた不思議な笛の音が…

山本周五郎

「ぶっくれ」で「ごったく」で、でも、いとおしいこの世界

きちんと努力していけば
きっと事態は好転していく。
少しはましな明日がやってくる。

現在の旧江戸川と船着き場
photo by Kuzuo Kikuchi

やまもとしゅうごろう
一九〇三年—一九六七年。山梨県初狩村生まれ。小学校卒業と同時に銀座の質店、山本周五郎商店に住み込み、それが筆名の由来となった。市井に暮らす庶民の暮らしをあたたかく描いた名作が多い。『赤ひげ診療譚』『青べか物語』『さぶ』など。映画化された作品多数。

読んだ方がいいんだがなあ、と思いつつ、しかし、中学高校時代食わず嫌いのままで読まずにいた作家。私にとって、山本周五郎はまさしくそういう書き手だった。

先入観がいけなかったのだ。悲惨な境遇にもめげずけなげにたくましく、たとえどんなに他人からひどい目に遭わされても、恨んだりそねんだりすることなく、心正しく市井の片隅で生き続ける人々を描いている。読みもしないくせに勝手にそういうイメージを周五郎作品に押しつけて、お説教臭い小説はいやだと敬遠していたのである。

どうしてそんな印象を持ったのか、よく覚えていない。ひょっとすると、テレビでドラマ化された彼の作品を見て悪印象を持ったのかもしれない。もっとも、『赤ひげ診療譚』――小林圭樹が赤ひげで、あおい輝彦が保本登役だった――は結構熱心に見ていた気がするから、ドラマのせいという説もはなはだ怪しいのだが。

いろいろ考えをめぐらせてみるに、どうも私の先入観のネタもとは本の帯であったように思えてくる。本の帯というのは、いうまでもなくふらりと書店に立ち寄った読者の気を引くために編集者が創意工夫を凝らすもので、したがって、編集者の頭の中にあるこの本を読みそうな読者層にむけて作られることになる。生意気な少年だった私は、どうもその読者層の一員ではなかったらしく、そもそも「人生の哀歓」にしみじみ感じいるなどという年齢でもなかったから、自然、帯の惹句《じゃっく》に反発したとおぼしい。ことほどさように本の帯というのはむずかしい代物で、物書きのひとりとなってわが作品の帯に四苦八苦する編集者（惹句になるような読みどころがない作品を書く私も悪いのだが）の姿を眺めていると、それこそしみじみ申し訳なくなる。

私のことなんかどうでもいいのだが、ともかく帯によって山本周五郎への道のりが遠回りになったのはまずまちがいない。といって、早いうちに出会っていたら、かえってきちんと味わうことができずに放り出してしまったかも知れず、痛しかゆしというところだろう。今では折にふれて周五郎作品を読み返す「ヘビーユーザー」になっているのだから、真価がわかりえない間遠ざけてくれた帯にむしろ感謝した方がいいのかもしれない。

転機は大学に入った頃に訪れたように記憶している。きっかけになった作品は、『平安嬉遊集』という短篇集だった。母だったか叔母だったか忘れたが、とにかく私のではない書架から何心なくくすねてきて読みはじめたところ、実に面白い。短篇集全体を貫く雰囲気は、いわゆる諧謔《かいぎゃく》というもので、皮肉なユーモアが満載の作品が並んでいた。集中三分の二ほどが、山本周五郎には珍しく平安朝を舞台にしたものだが、中身はむしろはなはだ現代的だった。

たとえば「大納言狐」という一篇などは、恋愛における男性のロマンティックな妄想的思いこみと女性の実際性を見事に対比させつつ、ペテン師の僧侶と官僚を登場させて、今どきの新興宗教にも通ずる、人間の愚かしさとそれを利用する者の姿を描いている。文体も舞台的というかポストモダン的というか、語り手がしばしば読者に向かって説明的な自己紹介を行ったり、作品の進行に対して批評的であろうとしたり――その試みは、決して成功せず、結局語り手は物語の渦になすすべもなく巻き込まれてしまうのだが――と、ブンガク的にこましゃくれた若造を魅了する仕掛けが凝らされていた。

以来、食わず嫌いが治って周五郎作品に手が伸びるようになった。はじめは、『平安嬉遊集』と同傾向のユーモラスなもの、『彦左衛門外記』や『町奉行日記』『日日平安』（黒澤明の『椿三十郎』はこれが原作）といったあたりで楽しみ、やがて『城中の霜』とか『落ち梅記』『つゆのひぬま』といった「辛い人生にひるまず立ち向かう、もしくは、運命をあるがままにうけとめる」系の、シリアスな人情直球勝負の小説へと進んだ。テレビドラマが先行してインプットされていた『赤ひげ診療譚』も、原作の方がはるかに含蓄のあるすぐれたものであるのを確認した。

池波正太郎の小説もそうだが、シリアスな外貌を持った周五郎作品は、やはりある程度歳をとらないと旨みがわからない気がする。人生のままならなさや挫折感、生きることへの徒労感や、それゆえにこそのささやかな喜びを心から慈しもうとする想いといったものを経験しないうちは、読んでもいまひとつ実感がわいてこないのだ。私もその点では、ごく一般的な読み手だったわけで、逆にごく若いうちから彼の作品を好むという人がいたら、思わずその人物のおかれた境遇にさまざまな憶測をしてしまうだろう。

ともあれ、それなりに大人になって、私は山本周五郎の小説が読めるようになった。しかし、今回の本題である『青べか物語』は、その流れの中でも最後まで抵抗を試みた作品だった。なにが問題だったのか？

まず、『青べか物語』は、山本周五郎の代表作の中でも一種独特な内容を持っている。時代小説の名手だった彼の、しかし、これは現代物といっていい。しかも、フィクションと実体験の奇妙な混合体なのだ。全体を貫く筋立ては、とりあえずはない。作者自身のある時期の体験がもとになって描かれていて、かつはっきり実在する場所を舞台にしているから、どこかルポルタージュ風スケッチとも見えるのである。多くの人が内容を知っているだろうから蛇足かもしれないが、簡略にどんな物語であるか述べてみよう。

まず、舞台となっているのは、今やディズニーランドのある土地として有名な千葉県の浦安。作中では、浦粕町となっている。昭和三年から四年までの約一年ほどの間、山本周五郎はこの浦粕＝浦安に住んでいた。彼の生まれ年は明治三十六年（一九〇三）だから、浦安に居住していたのは二十五歳くらいの時だ。

当時周五郎は文壇デビューは果たしていたが、まだまだ売れっ子というような状態には程遠く、『青べか物語』にも語られているが、少女小説などを書いて生活の糧《かて》を得ていたようだ。そんな彼が、どうして浦安に居を構えたのか、詳しく調べていないのでわからないのだが、とりわけこの町を好んだから、という風情は作品からは匂ってこない。なんとなく生活に窮した挙げ句の都落ち、という雰囲気が漂う。

フィクションと実体験の混合体、と書いたが、少なくとも枠組みのフィクション性はごくささやかである。すでに記したように浦安が浦粕、それから江戸川が根戸川といったあたりは、単なる語呂合わせのようなものでフィクションとさえいえないだろう。明らかに事実と異なるのは、作中の主人公「蒸気河岸の先生」が浦粕にいたのは、周五郎自身の一年とはちがって三年であること（もっとも、周五郎が暮らした期間も三年だ、という説もある）、それから、しばしば言及される浦粕町の海側に張り出しただだっ広い荒れ地「百万坪」が実在しないことくらいだろう。「百万坪」は、現実には「十万坪」という名称で、かつて浦安の沖に広がっていた遠浅の干潟だという。そこでは、アサリが大量に漁獲され、海苔の養殖も行われた。

私がなんとなく読みづらかったのは、この作品が持っている妙な生々しさだったと思う。

基礎知識として、読む前からこれが一種のモデル小説であると承知していたのが、よけいいけなかったのかもしれない。根が臆病なせいで、私はモデルがあるフィクションと聞くと、つい腰が引けてしまうのだ。いや、もちろん、覗き趣味は人並みかそれ以上に持ち合わせているのだが、縁遠いヨーロッパの政治家などをモデルにした暴露話とちがって、別段自己顕示欲に満ちてはいない一般の人を描いたものとなると、なんだか気の毒なような思いにとらわれていたたまれないのである。

山本周五郎の等身大のような主人公は、浦粕町を貫流する根戸川のほとり、通称「蒸気河岸」に家を借りる。蒸気河岸というのは、浦粕以外の土地への重要な交通手段である蒸気船が発着する場所であるためについた名称で、根戸川の河口付近にある。そして、まず最初に語れるのは、物語のタイトルにもなっている「青べか」を買わされてしまう話だ。「べか」というのは、明治の終わり頃から東京湾全域で使われるようになった海苔採取用の小舟のことである。今でも、浦安市の博物館に行くと実物を見ることができるが、ごくごく小さい木造舟だ。よく時代劇に登場する川舟のような見てくれである。

「蒸気河岸の先生」は、別段その気もないのに「芳爺」と呼ばれる老人にひどく不細工なべか舟を押しつけられてしまう。この爺さん、作中では狡猾のかたまりのごとく描写されるが、狡猾というよりむしろ極限のずうずうしさを持った人物といった方が、さらに正確かもしれない。いかにも物書きらしい内気さを持った「先生」は、相手のずうずうしさに抗しきれず、水に浮かべたとたん沈没しそうなぼろ舟を買わされるのである。この最初の挿話が、全体の印象を総括しているといっていい。主人公の目から見た浦粕町の住人たちは、幼い子どもにいたるまで、ずるさの塊となって人からなにかをせしめずにはおかないタイプの人々として描かれている。

「芳爺」から買った「青べか」は、主人公が親しくしている船宿「千本」の息子で小学生の「長」に言わせれば「ぶっくれ舟」であり、箸にも棒にもかからない駄物。「長」の予言通り、「蒸気河岸の先生」は不格好な「青べか」を乗りこなすのにとんでもない努力をしなければならなくなるのだった。

要するに、「青べか」——浦安の博物館でもらった資料には、作中の「青べか」は実はべか舟ではなくて、下肥を運ぶ伝馬船だったにちがいない、べか舟があんなにぶざまだったはずはない、というべか舟擁護説が載っていた——は、主人公と浦粕の町の葛藤そのものを象徴しているのだ。板子一枚の下は地獄、という海の暮らしを支えていくために海千山千にならざるを得ない男たち、その男を支えるためにたくましく、しかし、性的にも奔放になる女房たち。「長」をはじめとする悪童連が鮒釣りをして遊んでいるところに行き合った「先生」が、つい売ってくれと口走ったとたん、子供たちは商売人の狡猾さを目に浮かべてしまう。そして、男の弱いさがを利用して甘い汁を吸おうと躍起になる「ごったくや」の娼婦たち。

世間にまだそれほど認められず、鬱屈した気分で日を過ごしている主人公の気持ちを逆なでするかのように、浦粕の人々は時にしたたかに、時に愚かしく、時に可憐に振る舞う。そうしたエピソードが積み重ねられた果てに、「蒸気河岸の先生」はストリンドベリーの言葉を物語の最後に置く。「苦しみつつ、なおはたらけ、安住を求めるな、この世は巡礼である」。

ここにおいて、ようやく「絶望や失意」に翻弄される若き小説家と浦粕の住人たちがひとつになるのだ。「巡礼」の苦しみをともに背負った仲間として。結局は、皆不条理な世界を生きる同船者なのだ、という認識。その認識によって、『青べか物語』はいじましくもある浦粕の現実から、普遍的な物語へと昇華するのである。ああ、よかった。

だが、この『青べか物語』が発表されて映画化までされた時、浦安の人々があまり映画館に足を運ばなかったというのは、やはり痛い話である。ちょっと前にも、有名な女性作家が描いたモデル小説が、名誉毀損で訴えられてかなり大きな問題になったが、小説や映画が本質的に持っているスキャンダリズムについては、よくよく考えていかなければならない気がする。うっかりすれば、いじめになってしまうからだ。作品の完成度が高ければそれでいい、という話ではないわけで、まったく頭を抱えたくなる。ま、どんなに魅力的な、そのまま書けばすぐに面白い物語になるようなエピソードを耳にしても、気が弱い（私のような）書き手は、ゆっくり消化して原形がなくなってから表現するのが一番ということか。

などという視点で眺めているうちに、『青べか物語』と並べてみたくなる作品が頭に浮かんできた。日本文学史上もっとも有名な作品ベスト3に入るだろう小説、夏目漱石の『坊ちゃん』がそれだ。無鉄砲で短気、思慮が深いとはいえない若き江戸っ子の数学教師が、四国・松山に赴任して起こすちょっとした騒動が、小説の筋立て。

この作品が、さわやかな見てくれとは裏腹にきわめて神経症的な世界を描いているとか、こんなに哀しい負け犬小説はないとか、いろいろ述べたくなる事柄はあるのだが、それをやっていると『青べか物語』からどんどん遠くなるのでやめにする。ただ一点、『坊ちゃん』が『青べか物語』と似たような構造——見知らぬ土地によそ者として入り込み、さまざまな経験をする——を持ちながら、まったく対照的な世界を形作っていることだけを指摘しておこう。

それは、『青べか…』の主人公が、一貫してよそ者である自己を意識しつつも、どこかで浦粕の人々にかかわっていこうとする意識を持っている——だからこそ、浦粕を去って八年後に再訪した際、誰も彼を覚えていないことに「云いようのないかなしさ」を感じるのだ――のに反し、『坊ちゃん』は徹底して土地の人間と無縁である。教え子たちとのごたごたや職員同士の妙な「政治」に巻き込まれはするが、結局松山という土地は坊ちゃんに毛筋ほどの痕跡さえ残さない。ただの嫌悪の対象でしかないのだ。

これに関しては、夏目漱石と明治の日本、漱石本人の性質などなど、あわせて論ずべき点がたくさんあるのでこれだけでやめておくが、周五郎作品の不可避的に人と関わってしまう有人性と漱石作品の厭人的無人性は、ひどく興味深い対蹠《たいせき》をなしている。

さて、本題の本題、釣り。

山本周五郎は、作中によく釣りの場面を使ったが、本人もきっと嫌いではなかっただろう。『青べか物語』の先生にもよく釣りをさせている。ただ、浦粕＝浦安という土地柄から多くの人が連想するだろう海の魚ではなく、もっぱら根戸川＝江戸川の川べりや「百万坪」の中の水路でフナを釣っている。あとは、ハゼ。青べかがあるのだから、遠浅の干潟でボラだのキスだの鱸《すずき》だのを狙ってもよさそうなものだが、そういう記述はない。やはり海は「ぶっくれ」の青べかには荷が重いのか。海の魚でいえば、大潮で汐が引いたとき干潟に行って、足で「踏む」カレイの話くらいしか見当たらない。

昭和初年代の浦安なら、それはたしかに川魚もずいぶん釣れたことだろう。が、平成の御代《みよ》である今は、とてもそういうわけにはいかないにちがいない。もっとも、たしかにハゼは釣れるのだから、鮒だっていないとは限らないが、せっかく出かけていってコンクリート護岸に固められた川べりに釣り糸を垂らすのも、なにか切ない。ここはやはり、海に出る、それも『青べか物語』ゆかりの船宿「千本」の船に乗るのが順当な筋道というものだろう。

訳知りの釣人なら先刻承知のことだろうが、「千本」のモデルは浦安の老舗船宿「吉野屋」である。これまでにも何度か足を運んだことがあるが、とても気持ちのいい船宿だ。「客に対してえらぶった口は決してきかない。他の船宿だと、客に対して釣りの講釈をしたり、いいの悪いのと文句を云う。『千本』では腕っこきの船頭を揃えていながら、求められない限り、決して客に教えたり、客の意志に反対するようなことはない。」と、周五郎も『青べか…』の中で書いているが、まったくその通り。ご主人の吉野眞太朗さん（作中の「長」の次男にあたる）を筆頭に、親切で出しゃばらない人当たりのいい船長ばかりがいる宿なのだ。

実は今回出かけていってご主人に話をうかがうまでまったく気づかなかったのが、「千本」という命名の由来。聞いてみれば、ああ、なんだ、そうだったのか、と自分のうかつさに頭をたたきたくなったのだが、浦粕、根戸川よりは多少技巧的で風趣にも富んでいる。命名の筋道は次の通り。「吉野屋」→「吉野」→「吉野の千本桜」→「千本」。なるほど。なかなかいい名付け方ではないか。江戸の船宿だったら、そんな風流な命名をしそうな気がする。

さて、狙う魚は、七月のことゆえキスか鱸。鰓洗いをする派手な鱸は「青べか」にはちょっとそぐわないかと、キスにすることにした。もっとも、こんな言い方だとキスに申し訳ない気はするのだが。

釣り場は浦安の岸辺からなるべく近いあたりがいい、と駄々をこね、当日船を出してくれた青山船長をまず困らせた。

「近くにだって魚がいないってわけじゃないですが、やはりある程度数を釣るとなると木更津の方まで行かないと…」

「三番瀬あたりでもムリですか？」

「今の時期だとまだ魚が入っていないんだよね。それに、今日これからだと汐が引いてしまって、浅くなりすぎるんです」

と、わがままをやさしく諭される会話のあと、船は木更津を目指す。

青山船長は、昔ながらの風景は見られませんか、というさらなる私のわがままを快く聞いてくれ、アサリの腰巻き漁をしている付近に回り道してくれた。すると、べか舟ではないが小ぶりな船が数艘浮かび、数人の漁師さんたちが浅瀬に腰まで浸かってアサリを掻いていた。

腰巻き漁というのは、間口が七十センチ×五十センチ、深さ数十センチほどの金網かごにひしゃくのように長い木の取っ手をつけた漁具を、浅瀬で引っ張って貝をさらう方法なのだが、その際海底をひっかく網の一辺の両端にひもを結びつけ、それを腰に回す。木の取っ手を引っ張りつつあとしざりすると、腰に巻いたひもと取っ手が連動してうまく貝が掘れる仕組み。原始的だが、効率はいい。

ボートがモーター付きであることに目をつぶりじっと眺めていると、おお、そこには『青べか物語』の世界が姿をあらわし……という気分には、残念ながらなれない。いくら無視しようとしても、周囲の風景が視界に飛び込んでくる。それは、まごうかたなき平成の東京湾だ。背の高い機械類や無味乾燥な工場群、倉庫といったものがいやでも目に入ってしまう。雰囲気に浸ることは、とうていできない。昭和三十五年当時、浦粕＝浦安を三十年ぶりに再訪した山本周五郎は、こんな風に書いている。

「日本人は自分の手で国土をぶち壊し、汚濁させ廃滅させているのだ、と私は思った。修善寺へいったら、あの清流に農薬が流れ込むため、蛍《ほたる》もいなくなったし川魚も減ったという。そんなに農薬ばかり使って米ばかり作ってどうしようというのか、史上最高の収穫と、米をたらふく食っている一方、水が汚され、自然の景物がうち毀《こわ》されていることを知らない。また、いま私が住んでいる市では、到《いた》るところで木を伐《き》り、丘を崩し、「風致地区」に指定してある海岸を、工場用地として埋め立てている。どこへいっても丘はむざんに切り崩され、皮を剥がれた人間の肌のように、赭土《あかつち》や岩が裸になっている。東京の三十間堀《さんじっけんぼり》は私にとって第二の故郷のようなものであったが、役人諸君はなんのみれんもなく、僅かな税金を取る目的で埋めてしまった。(中略)日本人とは昔からこういう民族だったのだ。軍事に関しては別だったが、その他すべてが常に殆《ほと》んど無計画であり、そのときばったりで、木を伐り、山を崩し、堀を埋め、土地を荒廃させながら今日までやってきたのである。」

「軍事に関しては」云々という点については、あの太平洋戦争の驚くべき無計画性についての研究が進んでいる今日だから、周五郎の意見を受け入れるわけにはいかない――どころか、先般のイラク戦争の時には、またしても軍事的無思慮があらわになるのを私たちはしっかり目撃している――が、その他の描写については、現在の私たちをとりまく都市部の環境が、彼の嘆きの現場の見事な地続きとして存在していることは疑う余地がない。

もちろん、環境を保全するための試みは、心ある人々、あるいは稀にだが存在するらしい心ある官僚、政治家によって行われつつはある。が、それは、あくまでも「つつ」であって、完全な復元など不可能なのは当たり前にしても、いつまた悪い方向に雪崩をうって崩れていくかわかったものではないという不安は消え去らない。

いつもながらちょっと憂鬱な気持ちにしてくれる東京湾の景色を眺めながら、ぼそぼそとそんな意味のことを口にしていると、土地っ子である青山船長も大きくうなずいた。

「海で日々暮らしている自分らの感覚と、船に乗ったこともないようなお役人が考える開発計画とは、とんでもなく隔たりがあるからね。現場の人間の考えをきちんと取り入れる行政ができていかない限り、とんちんかんなことは続いていきますよ。でも、だからって、こっちもがっくりしてたらまずいからね。それに、海のおかしな力ってのもあるし。アクアラインができてからこっち、汐の流れが変わって、イイダコがね、今まで全然釣れなかった横浜から本牧にかけてのあたりで湧くようになったんですよ。反対に、それまであそこで釣れていた魚がいなくなっちゃった。いいことだとは言えないんだけど、木更津までいかなくてもイイダコが釣れちゃうのが面白い。海は微妙だけど、同時にバランスも取っているのかな、って思いますよ。とても人間が頭で考えるようなことで把握できるようなもんじゃない。まあ、だからこそ、下手に開発なんかしちゃいけないんだけれどね」

「吉野屋」の御主人眞太朗さんも、似たようなことを言った。

「たしかに、開発で浦安の海もすっかり変わってしまいました。それでも、私らはこうやって船宿をやらせてもらっていて、ちゃんと魚は釣れている。それは、昔みたいに漁に出ればたっぷりの収穫があったって時代とは違います。でもね、毎日のように海の状態を見ていると、自然の底力ってものをすごく感じるんですよ。ちょっとこちらが遠慮しさえすれば、すぐにも海は回復する。変わった変わった、ダメになったで嘆いていても始まりませんから、私らでもできることからちゃんとしていけば、孫子の代にもなんとか自然を残すことができるんじゃないですか」

眞太郎さんの穏やかで明朗な口調には、沈んだ私の気持ちを持ち直させてくれる力があった。ひどい状況はひどい状況。しかし、きちんと努力していけばきっと事態は好転していく。少しはましな明日がやってくる。

あれっ⁉　なんだ、これってまさに山本周五郎が描いていた世界みたいじゃないか。どんな日に遭っても、めげずひるまず倦《う》まずたゆまず一所懸命暮らしていく。あるいは、みずからがやるべき使命を果たす。そうすることによって、いくぶんかはましな未来がやってくるはず。たとえ、すべてがバラ色になんかならないにしても。

べか舟はなくなっても、そして、海を取り巻く環境がどんどん「ぶっくれて」いっても、浦安には昔と変わらないたくましい生活人がしっかり生きている。山本周五郎に、今の浦安を見せたくなった。いったいどんな感想を漏らしてくれるだろうか。

佐々木栄松

カムイの輝く光を浴びて

なにしろ、大きすぎるのだ、魚が。
海にいるサメならいざ知らず、
アマゾン河ではなく日本の川にいる魚が
二メートル以上にも育つなんて。

湿原の野生。アメマス

ささきえいしょう
一九一三年―二〇一二年。北海道生まれ。生まれ育った釧路湿原や道東の原野を、幻想的なタッチで描き続けた「湿原の画家」「原野の画家」として知られる。湿原の主、イトウを愛した釣り名人としても有名で、開高健を湿原に案内した。画文集に『湿原のカムイ』。

イトウという魚の存在を初めて知ったのがいつだったか、記憶が混乱している。読みふけっていた詳細な魚類図鑑で見たのが先か、あるいは矢口高雄の漫画『釣りキチ三平』の方が前だったか、どうも定かではない。

いずれにせよ、「幻の巨大魚」というキャッチフレーズに憧れと興奮を感じたのはたしかだ。もっとも、岸辺の木の枝かなにかに逆さ吊りになりながらも、手に持った竿を放さずに水中のイトウと格闘する三平少年（たしか、そんなシーンがあったと思うのだが、いや、あれは「滝太郎」との格闘だったか、これもはっきりしない）の姿に夢中になりつつも、頭のどこかで「これは、ホラ話の一種なんだ」と疑っていたのもまた事実である。

なにしろ、大きすぎるのだ、魚が。海にいるサメならいざ知らず、アマゾン河ではなく日本の川にいる魚が二メートル以上にも育つなんて、東京生まれ東京育ちの私には到底信じられなかったのだ。その意味でも、私にとってイトウは「幻の大魚」だったと言えるだろう。

そんなイトウがにわかに現実味を帯びて私に迫ってくるようになったのは、開高健の『白いページI』というエッセイ集に収められた「拍手する」という一章に、その名が登場するのを読んでからのことだった。こんな風に書かれている。

「釧路で佐々木栄松画伯と会い、知床へ釣りにいった。私は釣りをするようになってからあちらこちらに知人ができ、そういう人びとと釣りや馬鹿ッ噺にふけっているとホッと一息つくことができるようになった。それでこの世がしのぎやすくなったかということは答えるのがむつかしい問いだけれど、文章でいえば、少なくとも句読点をうつことだけはおぼえたということはいえる。

佐々木さんは三年前に私にキャスティングを教えてくれたお師匠さんである。釧路郊外の大湿原を蛇行する小さな川をさかのぼり、七十五センチのイトウを二匹、私は釣ることができた。その頃はルアー（疑餌鉤）の釣りを私は知らなかったので、ドジョウを餌にして釣ったのだったが川の曲がり角や、よどみや、分岐点などへきて佐々木さんが、ここはいいとか、あそこはまずいとかいうと、そのとおりであった。つぎこそ本番ですよといわれたポイントではみごとに的中した。これにはすっかりおどろいてしまった。まるで掌の筋を読むように川を——それも徹底的に原始状態のを——読むのだった。そのキャスティングぶりは一昔前の国産のアチャラカ・リールなのだけれどまことにみごとなもので、糸はのびのびと、けれど鋭く走り、爪をたてるようにして微細なポイントへ食いこむ。一度などは船首にすわって顔を前方へ向けたままで後方へ竿をふったことがあった。それほどの妙技はその後まだ私は見ていないのである。この人、釣りは淡水、海水を問わず、全科専攻で、〝歩く道東地図〟と魚に恐れられているのだが、さてこそ、と思われた。」

さすがに二メートルではなかったが、それでも七十五センチとは決して小さくはない。むしろ、そのくらいの方が現実感がある。『釣りキチ三平』を軽んずるつもりは毛頭ないが、やはり仰ぎ見ていた開高センセイの言によってこそ、イトウの存在を実感でき、またいつかは釣ってみたい魚として正当な憧れを持つことができたのである。

それから二十数年経った二〇〇二年六月、私は北海道は猿払《さるふつ》川の岸辺に立っていた。札幌在住の友人に誘われ、イトウ釣りのメッカとして近ごろ名高いその場所にやってきたのだ。六月ではまず考えられない気温五度という、胴震いがでるような寒さの中、友人は数投目で見事六十センチの若いイトウをランディングした。水際の泥の中でのたうつそれは、サケ科の魚というよりも巨大な雷魚《らいぎょ》もしくは大蛇の頭を持った怪魚に見え、感動するより先に少々不気味に思ったほどの魁偉さだった。この小ささ（頭の中に二メートルがインプットされているから、どうしてもそうなる）でこの凄味だとしたら、老成魚はいったいどれほどのものだろうか？

そんな思いに駆られて、私は特製の小魚フライを十番のダブルハンドロッドで丸一日必死に飛ばしたが、釣れたのは汽水域の川の中にまで生えている昆布のみ。雪辱せんものと、猿払から友人秘蔵の穴場である稚内近辺にまで足をのばしたが、結局一尾も釣りあげることなく初体験は終わった。

もちろん、この程度の挫折でトライするのをやめるほど執着の薄い釣人ではない私ではあるのだが、阿寒湖でのアメマス釣りだの、網走でのサケ釣りだのと、先にこなすべき課題が多く、それ以降イトウ釣行には手を出さないまま時が過ぎた。が、そんな中で、不思議な邂逅が私を待ち受けていたのだ。

二〇〇四年のことだ。阿寒への釣りにでかけた帰り、東京に何か土産でも買って帰ろうと釧路の町に立ち寄った時、何心なく釧路駅のステーション画廊に足を踏みいれた。するとそこには、原色が入り乱れる見事に幻想的な釧路湿原の油絵が、常設作品として飾られていて、私の目を射た。夕暮れなのだろうか、真っ赤に彩られた湿原の風景が視界にショックを与えるかと思えば、その横には、北方の寒さと厳しさを背負った、到底日本人とは思えないほどエキゾチックな老釣師の肖像画がある。そして、並べられた絵画の群れの中に（ひとつひとつが生き物のようだったから、どうしてもそんな風に表現したくなる）真っ白なイトウの姿を見つけたのだった。群青の内部に静かに浮かぶ幻魚。

絵の作者の名は、佐々木栄松。開高健のあのエッセイに登場する「佐々木画伯」その人である。

まさかこんな形で「大開高」の「お師匠さん」に出会うとは意外だった。なんでも、佐々木画伯はかなり以前に、みずからの作品の多くを画廊に寄付したのだそうだ。おかげで、生涯釧路湿原を描き続けてきた希有な画家の、骨太かつ叙情的な作品に、釧路駅に行きさえすれば気軽に会えるようになったのである。

収穫は絵画との対面だけではなかった。佐々木画伯がなかなか達者な文章の書き手であり、エッセイ集も刊行していることが画廊の展示でわかったのである。そのタイトルが、またよかった。『湿原のカムイ』。カムイというのは、アイヌ語で神を意味する単語だ。副題は、「幻のイトウを追って」。

やはりイトウは、神にも擬すべき魚なのだ、という感慨、というより実物を釣り上げない前から妙に納得してしまう感覚に襲われる。よし、釣る前にまずこれを読まねば、と即座に心を決めた私は、東京に戻るとすぐさま古書店で『湿原のカムイ』を手に入れて読みふけった。

初っぱなから、画廊で見た老釣師のモデルとなった人が語るイトウ話に引きずり込まれる。『半七捕物帳』で著名な明治の文豪・岡本綺堂の作品に、三浦老人という人物に江戸の話を聞いて文章にしたという趣向の、『三浦老人昔話』という小説がある。どこか、あの春風駘蕩《しゅんぷうたいとう》たる雰囲気の中にも心地よい緊張感が走る風情に似ていて、しかも、大自然相手のエピソードだけに果てなく広やかな感じがあるのだ。それに、いかにも釣師の述懐らしい次のような場面があるので、思わず顔がほころんでしまう。

「そのころのコッタロの落口というと、釧路川での最高の大物釣りの場所ということで通っていたものだ。

ある釣師は、ここにいるイトウの大物は十尺（三メートル余）はあるだろうというし、また、他の釣師は、二間（約四メートル）ともいった。」

「すると、そのとき、岸辺から約十メートルの水面が、いきなり脹れあがって、浪だちとともに巨大も巨大！　まったく巨大な魚が浮きあがった。逆光にさえぎられて魚の全体は確かでないが、特に頭のほうが！

（中略）とすれば、このイトウの大きさは、五メートル近いことは確実である。」

そんなバカな！　と突っこみをいれたくなる老釣師のこんな思い出話にも、佐々木画伯はさかしらな批評など加えることなく、躍動感のある文体で素直に描くのみ。信じられないことが釧路の湿原にはあるんだ、と共感するようでもあり、また釣師の果てなき夢にやさしいエールを送るようでもある。

老釣師の章以外にも、画伯を取り巻く人々や画伯自身の体験を、時にユーモラスに、時に清冽に記すこの本は、釣りになかなか行く暇もなく、原稿の締め切りにビクつきながら日々暮らす疲れ気味の私の神経には、陳腐な言い方であるのを百も承知で書くのだが、まさに一服の清涼剤となってくれた。

ただ、読み終わってひとつ気になった、というかひどく興味をそそられたことがある。何かというと、この本に登場する人物のうち、あきらかに二人の男性が、開高健のエッセイや小説にも姿を見せているのだ。しかも、佐々木画伯が描きだした肖像とは、どうもかなり異なっている。

もちろん、ひとかどの小説家と画家が取り上げるのだから、個性的な人物であるのは言うをまたない。ひとりは、『湿原のカムイ』では「トモヤン・N・ビッチ」という謎めいた名前で紙面にあらわれ、開高作品では『白いページ Ⅰ』の「続・流れる」に中野友吉、別名中野独立人、そして小説集『ロマネ・コンティ・一九三五年』に収められた短篇「渚にて」ではただ「人物」という名称でのみ語られる人物。

今ひとりは、佐々木版では「おかしな人たち」の項の一章「フクさんのこと」に出てくるフクさん。この人は、予算を食いつぶすために、ひたすら日本全国の旨いものを食べまくる役人が主人公という、開高作品の中でも特異な位置を占める『新しい天体』に、「釧路釣り人会」の会長として登場する。まずは、とりわけ違い方が気になったトモヤン氏（たぶん開高さんがエッセイ中に記した中野友吉の名の部分、すなわち友吉がトモヤンなのだろう）について、佐々木・開高両者の説明が一致している部分について簡単にまとめてみよう。

かの人物は釧路の町はずれの海岸に住んでいる。その住居は、海岸に漂着したものや拾ってきた物品を積み上げて作った建物で、佐々木画伯によれば「どう説明してよいのか、なんとしても簡単にはその表現法に苦しむほどの、まったくの奇異珍妙な構成になっている」ものであり、開高健の言い方では「その生きかたにふさわしい非凡さ」を呈している。

「生きかたの非凡さ」とは、では、いかなるものかというと、定職を持たず、湿原で魚を取り、気が向けばサケの捕獲場や土木関係の現場でアルバイトをし、冬には関西や九州に牛を運ぶ「牛方」をやる。税金は生まれてこのかた払ったことはなく、電気も水道もガスもないランプ生活を妻と子らとともに楽しみ、大酒を飲む。海岸の家というのも、水上警察と陸の警察の管轄の境界線上、いわば「法律の真空地帯（？）」（「トモヤン・N・ビッチ」）に勝手に作った城なのだ。

こうした規格外の人物であるからこそ、小説家や画家の興味をひいた（佐々木画伯は、湿原のイトウ釣りの船頭を彼につとめてもらう、という実利もからんだつきあいをしている）のだが、彼を描く色合いは前に述べたように異なっている。どう違うのかというと……いや、その違いを細部にわたって検証していくと、それこそ佐々木・開高氏の作品をそれぞれ全文引用した上でテキストクリニックしたくなってしまうから、とんでもない分量の作業になってしまう。そこで、ここは大まかな印象論でお許し願うことにしよう。興味のある方は、実際に両者に当たってみてください。

で、私が思うところの相違点。それは、人生に対する解釈、もしくは対峙する態度の違い、ということになるだろうか。佐々木作品では、トモヤンはたくましくかつ愉快に、ユーモラスに生きている。本人や幼い娘に危難が降りかかるエピソードもあるが、それでも結局は危機を脱してまたもとの力強い生の力線が戻ってくる。生きることを肯定するエネルギーがみなぎっているとでも言えばいいか。

象徴的なのは、この非凡な人物との交流を描いた一文を締めくくる佐々木画伯の姿勢だ。彼は、トモヤンとイトウ釣りにでかけたある日、湿原の中で自分の娘の幻影を見る。第二次大戦の空襲で失った四歳の娘。その彼女が、湿原の妖精として再臨するのだ。そこには癒されない深い悲しみと同時に、魂の不滅を願う強い憧れが脈打っている。どんなに絶望的な状況に精神が追いやられても、なおより良きことを祈ってやまない心がそこにあるように思える。そうした魂の視線でトモヤンも描かれるがゆえに、明るい向日性によってトモヤンも輝くことになるのだ。

一方、開高健は、中野独立人の住まいや生活ぶりを、佐々木作品とほぼ似たような要素で描写しつつ、しかし、その焦点を悲劇に合わせるのである。エッセイでは、佐々木画伯によってかれに引き合わされてから四年、再び独立人の住まいを訪ねた開高健が目にしたのは、「自身をささえきれなくなりかかっている」衰弱しきった男の姿だ。「ある日、息子は水泳にでたきり姿を消してしまった」。そして、「不屈の男」であるべき独立人は「敗北」し、「眼にあらわないろ」を、すなわち、涙を光らせてしまう。小説『渚にて』もエッセイとほぼ同じ内容であり、その締めくくりはこうだ。

「銀と青の炸《はじ》けるようないちめんの閃光にみたされた朝の光耀と、たわむれの決意の昂揚が消えた。ここへくるのではなかった。私は閉じた。低くなり、ふたたび患いはじめた。」

憂鬱にたれこめた自分自身の気分から脱出するために、「私」は北海道に、規格外の「人物」に会いにやってきた。にもかかわらず、その「人物」はすでに崩れてしまっていた。その事実のやりきれなさに、「私」もまた崩れてしまう。

この作品に見いだせるのは、泥沼のような、そう、それこそ湿原の底なし沼のようなペシミズムである。同じ人物を素材にしながら、佐々木栄松とこうもちがうのか、という驚きにうたれる。あるいは、これが小説家と画家の精神構造の違いなのか、と一瞬乱暴に考えたりするのだが、すぐにそうではないと思い返す。小説にだって、ペシミスティックではない生の強靭さを定着させようとする試みはいくらもあるし、逆にすべてを悲劇的な印象にしてしまう絵画技法もあるのだから。ひょっとすると、開高健をわずか五十八歳という若さで彼岸に追いやった何か、そして、九十二歳という長寿を保ち、なおかくしゃくとして絵を描き続けている佐々木栄松を立たしめている何かの秘密が、こうした違いにひそんでいるのかもしれない。

考えているうちに、卒然として怖くなってきてしまった。これ以上この問題をいじっていると、私も憂鬱の泥沼にはまりこんでしまいそうな予感がするので、方向を転じ健康的なぬかるみ、すなわち本物の湿原にはまりに行くことにしよう。今度は、幻のイトウに出会えるかもしれない。

ということで、十月の半ば、私は釧路にやってきた。言うまでもなく導き手なしでは手も足も出ないので、北見市でフィッシングガイドの会社タマリスクを経営する引地俊介氏に介添え役になってもらう。二〇〇四年の六月にはじめてガイドをしてもらって以来、北海道の釣りといえば、私は、優秀な腕前のみならず洗練されたサービスとは何かということについて熟知している、この若き俊英釣師抜きに計画を立てることは決してしない。最近は、彼にガイドを頼んで不本意な結果に終わることなどあり得ない、と信ずるまでに我が信仰心は高まっているのである。

引地クンの観測によれば、釧路湿原の中よりも厚岸湖にそそぐ別寒辺牛川《べっかんべうし》の方が、イトウが釣れる確率が高い、ただし、それでもバクチに近いですよ、とのこと。なんのなんの、すでに気温五度の猿払で不動の忍耐心をやしなった私である。今回またふられようとも、むしろ幻への憧れが高まるくらいのものだから、結構結構、と能天気な気炎を上げて目的地に向かった。

ところが、別寒辺牛川橋のたもとから上流域にむけて足を踏み入れた途端、気炎はたちまち気息奄々《きそくえんえん》のあえぎに変わってしまった。景気づけに吐く能天気なセリフも、途切れがちになる。枯れた葦や細かいとげを持った植物（不用意に触れると痛い思いをする）が、行く手を阻み藪漕ぎに難儀をする、などというのはまだそれほどのことではない。どこかのＩＴ長者がうそぶく際に使う「想定内です」というあれだ。しかし、あのぬかるみの粘着力というものは……！　文章で得た知識と想像力が、いかに頼りないものであるかを、久しぶりにしっかり味わうことになった。

それはたしかに、「谷地の目」「谷地まなこ」とか「谷地ぼうず」などという単語は、頭の中にきちんと収められている。湿原に入る土地の人間は、必ず長めの棒を杖がわりにして持っていく。誤って谷地の目に落ちてしまった場合、棒を泥地の表面にさしわたしてからだが沈んでしまうのを防ぐのだ、なんて情報もインプットされている。しかし、釣人がたどる道があるような場所だ、何ほどのこともなかろう、と内心高をくくり、というか、心の準備をほとんどせずにうかうかと湿原の川辺に入りこんだ私を待っていたのが、強烈な泥の吸引力だった。

長年にわたって堆積した植物からにじみでたらしい油が、ぬかるみの表面にたまった水を虹色に光らせる。そこに何心なくチェストハイウェーダーで防護した足を踏みいれる。おお、その途端、私の体重は思いがけないスピードで私を泥の内部へと引っ張りこんでいく(沈む、というような生やさしい感覚ではないのだ)ではないか。これはいかん、いかんいかん、とあわてて別の足に体重をかけのめりこむ足を引き抜こうとする。と、今度は新しく軸足にした方が引きずりこまれ、にっちもさっちもどうにもならないドタバタ劇がはじまってしまう。よし、抜けた、どっこいしょ、おっと、いけない、こんどはこっちが、ああっと、すべった、うわ、ひどい……。やっとの思いで固めの地面に足をかけたかと安心した瞬間、その足がつるりとすべって後戻り、再び泥にはまってのもがき踊り。行きつ戻りつ、チャッチャラチャッチャチャッチャラチャッチャ、チャッチャラチャッチャチャッチャラチャッチャ、タタタッ、タタタタタタッ、ウー、アッ。

テレビのNG集で失敗場面を何度も巻き戻しては繰り返すあの感じそのまま、頭の中ではマンボNO.5が鳴り響き、先行している引地クンには腹を抱えて笑われる始末。釣りどころの騒ぎではない。川にころがり落ちないでいるのが精一杯。とてものこと、湿原の美を鑑賞するなどという優雅なふるまいに及ぶ余裕はない。

やっとの思いで、ポイントに立ちロッドをふるおうとするのだが、一難去ってまた一難。実は私は、川でルアーの釣りをするのは、ほとんどはじめてに近いのだ。バックスペースがとれないからフライではなくルアーにしましょう、と引地クンに言われ、はいはい、そうしましょう、と簡単に答えたまではよかったが、淡水ルアーの初心者だということをあまり深く考えていなかったのである。シーバスやシイラを狙うときにはミノーを使う場合もあるし、青物狙いのジギングなら何度も経験がある。しかし、柳の仲間やヤチダモ、その他よく名前もわからない木々が川面に枝をしだれさせている中、しかも、そのしだれた枝の真下あたりをピンポイントで狙うといった精密な芸当が、初心者の私にできるわけもない。結局その日は、

「おや、またルアーの実をならせましたね」と引地クンに笑われながら、岸辺の木々を高価な疑似餌で鈴なりにしたのみで戻ることになった。帰り際、イトウらしき大きなライズが、小馬鹿にするように背後で音を立てた。

翌日も同じ場所でトライ。今度はぬかるみにも慣れ、キャストもそれなりに打ち込めるようになった。そして、周囲の景色を味わう余裕がでてきた。釧路湿原の中は未経験なのでなんとも言えないが、少なくとも別寒辺牛川が蛇行しつつ流れるこの湿原は、イメージしていた景色とは相当異なっている。茫々たる葦がどこまでも広がる原野、という湿地イメージとは裏腹に、かなり密生した木々が視界をさえぎる。生えている樹木も、かなり太い年輪を重ねたものが多く、どこもかしこも柔らかくて頼りない地面だろう、という前もっての予想を裏切ってくれた。

不思議なことに、その風情はどこか南国のマングローブが生い茂る川を思い起こさせる。オキシフルで脱色したマングローブが茂る川。もっとも、落葉が川面を埋めているさまは、日本画的と表現したほうがよさそうだったが。

川が屈曲するたびに、魚のひそむポイントがあらわれる。私は引地クンの指示に従って、ひたすらルアーを打ち込んだ。魚が追ってくる。うっ、いや、ちがう。イトウではない。アメマスだ。でてこい、でてきてくれ、でてきてください、イトウさま。

しかし、その日もとうとうイトウはあらわれなかった。釣れたのは五十センチに少しかけるアメマスだけだった。やはり、幻は幻のまま今回も終わってしまった。

今年はまだ水温が例年並みに下がっていないからむずかしいんですよ、と慰めてはもらうのだが、それでも内心のくやしさが表情にでるのだろう。それを見てとった引地クンが、

「イトウがいやになるほど釣れちゃう場所に行ってみますか？　どうします？」と、とんでもないことをおっしゃる。

「えっ？　そんな場所があるの？」と驚く私に、

「いや、いわゆる管理釣り場なんですけどね」と、彼はいたずらっぽく笑った。「でも、楽しいと思いますよ、これはこれで」

信頼してやまないガイドの勧めだ。それはそれで楽しいんだろう、と私は自分に言い聞かせた。

というわけで、翌日は、留辺蘂《るべしべ》町厚和《こうわ》にある「つりぼり厚和」にでかけた。三浦万年・恵《おも》美子夫妻が経営するこの釣り堀は、たしかにかなり興奮ものだった。ご主人の万年さんは、いつかキャビアを採ろうというもくろみのもと、チョウザメを大量に飼育したりもしている

風変わりな好人物。凝り性であるのは、ひとこと、ふたこと言葉を交わせばすぐにわかる。奥さんは、さまざまに気がいってしまって腰が落ち着かない旦那さまのたずなを、やさしくかつ強力にあやつり、同時に釣り場をいつもまめまめしく掃除している。

ご主人がユンボで手作りした池は全部で四つあり、ちょっと見には人工の池だとは思えない自然さであたりの景色に溶け込んでいる。イングランドの田舎のようだ、というとちょっと言いすぎだろうか。いや、たしかにそんな雰囲気がある。

びっくりしたのは、池の中のありさまだ。あの幻の魚イトウが、池の縁からわずか数十センチのあたりを悠々と泳いでいるのである。それも、何匹も。正直、気分は腰砕けになる。かすりも当たりもしないでくやしい思いをさせられた相手が、手をのばせば届くところにいるのだ。がっかり、とまではいかないが、やはり気が抜ける。実際オソロシイことに、万年さんはこうおっしゃるのだ。

「写真撮るなら、アミですくいましょうか?」

おっしゃるだけではない。すぐさまネットを持ってきて、あっと言う間にイトウをすくってみせたのである。あまりの簡単さに、私は拍子抜けを通りすぎてむやみにおかしくなり、腹を抱えて爆笑してしまった。笑って笑って笑い転げたあと、ほんの少ししんみりとした気分になった。カムイがあんまり他愛なく捕まってしまうからなのか、それとも幻までも養殖してしまう人間のそら恐ろしさにひやっとしたのか、あるいは……。

どういう感慨であるのかうまく分析できないまま、私は竿を振った。それこそ一投ごとに巨大なニジマスがかかって猛烈なファイトをし、一時間もしないうちに私の腕は筋肉痛になった。魚のコンディションは素晴らしく、存分に楽しませてもらった。ただ……、ここでもやはりイトウは私にはツレナイ素振り。どうやっても、釣れてくれなかった。私はちょっぴり皮肉も混じった気分で、幻が幻のままでいることの大切さをしみじみ感じたのだった。

道東の湿原。イトウが棲む

中村星湖

釣りは性欲の変形？

昔馴染みの釣り場に出かけて、
かつて恋した人に時を隔てて
再会したような気分になるかどうか
試してみることにしようか。

河口湖畔に建つ星湖の碑

なかむらせいこ
一八八四年—一九七四年。山梨県南都留郡河口村（現・富士河口湖町）生まれ。早稲田大学在学中に詩や小説の創作を発表。『早稲田文学』の記者を務めた後、執筆生活に入る。自然主義的な視点と山梨の郷土文化に基づいた創作姿勢を貫いた。評論、翻訳多数。

ここ半年ほど、幼い頃から二十歳くらいにかけての記憶がなにかにつけて蘇《よみがえ》るので、妙な気分である。いよいよ四十代も終盤に入り懐旧癖が強まったということもあるのだろうが、より直接的な理由は別にあるような気がする。たぶん、転居したせいでこうなったのだ。

結婚を期に親元を独立して以来、私は都合三回（仕事場として渋谷に部屋を借りたのを勘定に入れれば四回）引っ越しをしてきた。最初が都下練馬の石神井公園、次が杉並の善福寺公園、そして吉祥寺の井の頭公園近くに十年。字面を読んでおわかりのごとく、いずれも公園のそばである。

その吉祥寺から今回引っ越してきたのが、都下調布市の深大寺という場所。実はこの深大寺、私が中学一年から独立までを過ごした地で、いわば帰り新参といった恰好になるのである。それどころか、中学以前にもザリガニ獲りやら虫獲りやらでしじゅうこのあたりに出没していたから、なんのことはない、五、六歳から二十代半ばまで生活空間にしていたところに戻ってきたことになる。つまり、新居のそばにはかつての思い出を誘発する場所がむやみやたらにあるのだ。東京都内とはいえ、環境変化の速度がかなり緩やかな地域なので、二十年以上前とさほど変わらない風景がひろがっている。散歩するたびに、いやでも昔の記憶が蘇ってしまうような仕組みになっているのである。

今は日本料理屋になっている水神苑は、かつてはニジマスと鯉の釣り堀で、暇さえあれば釣りをしにきていたもんだとか、水神苑の隣にある水車は今は位置が変わっているけれど、昔はもう少し道路側にあったっけ。あの水車の排水溝にザリガニがかたまっていて、それを獲りたいあまりに深い溝に入って半日出られなかったなあ、とか、現在は都の水棲公園になっているくぼ地で、ドジョウをすくっている間にヒルにたかられまくってゾッとした、とか、家から五分も歩くと、他愛ない思い出に微笑んだり赤面したりと、忙しいことこのうえない。

が、そんな記憶をつらつらもてあそんでいるうちに、過日おかしなことに気がついた。冒頭で書いた独立後の転居場所についてだ。これまでは水のある公園のそばになんとなく惹かれて住居に選んだのだと考えていたし、人にもそう説明していた。しかし、水神苑の釣り堀、などという懐かしい思い出に誘われて、子供から少年期にかけて出かけていた釣り場を数え上げていたところ、石神井公園、善福寺公園、井の頭公園のいずれもが、自転車で遠征する我が愛しの釣り場だった事実に思い当たったのである。

石神井公園は真ん中が道路で分断されていて、東側が俗に「ボート池」と称される大きめの池。西側が、かなり自然の趣を残している（といっても、近年はいかにも水棲公園めいた整備が施されてしまっているが）三宝寺池。ボート池には、児童釣り場になっている一帯があり、なぜかいい大人が竿を出していたりするのだが、かつての私がショバにしていたのは三宝寺池のほうだ。

正月になると神楽を奉納したりする小さなお堂が池に張りだしていて、岸際には葦が密生しているいい雰囲気の池。そこで私は、鮒やハヤなどをよく釣った。

石神井公園同様、善福寺池も道路に分断されているが、こちらは南北に分かれている。好ポイントがあったのは南側、東京女子大の隣にある池だった。丈高く茂るジュズダマの勁《つよ》い茎を押し分けて竿をのべると、ここでも鮒やクチボソ、稀には小ぶりな鯉がかかった。

そして、井の頭公園。ここで狙うは、ナマズに雷魚。餌のカエルに、いつもなら小躍りする獲物ザリガニがかかっても、ちぇっ、真っ赤チンなんかいらねえや、てなものである。もっとも、何度トライしても雷魚はおろかナマズさえあげたことはない。

えっ? それじゃ私は、結婚してまでも、かつての釣りの思い出をたぐり、まるで巡礼するかのように転居してきたとでも? 信じられない! そもそも、石神井にすむことにしたのは、最初住もうと考えていた場所に適当な賃貸物件がなく、不動産屋が、それならここはどうだ、と、かなり離れたかの地を紹介してくれたのがきっかけだし、善福寺は妻が探してきた物件で、井の頭公園もそうだ。つまり、完全な偶然であり妻の意思であり、私の想いが混入する余地なんかないはず……。

いや、待てよ、そうとばかりも言い切れないか。石神井公園に部屋を借りた時、なぜ当日その場で不動産屋に、「ここ、借ります！」と即答したのか？　広さのわりに安かったとか、日当たりのいい三階の角部屋だったとか、静かな住宅地なのに駅まで数分という好立地だったとか、いろいろ理由はある。が、日頃グズで決断力に欠ける私が即決した事実を解釈するのに、果たしてそれだけで足りるのか？

善福寺公園にしたって、公園に面したテラスハウスは新築で気持ちよかった。だが、浮世離れした妻が探してきた物件だけあって、貧乏な私には分不相応な賃料だった。借りたらすぐさま死に物狂いで働かないと家賃が払えないのは明かだったのに、それなのに、どうしてかこれもすぐに借りてしまった。その後引っ越した井の頭公園の中古売買物件だって、それをいうなら……。

いや、もうやめよう。考えれば考えるほど、みずからの潜在意識に対する疑いが濃厚になっていくばかりだ。三つ子の魂なんとやらというが、人生におけるかなりの重大事を、子供時代の遊び場の記憶によって決定するなど、いい大人のやることとは思えない。しかも、本人は無意識である上に、三ヶ所を転居していた当時は釣りから遠ざかっていたのだから、なにをか言わんやである。ひょっとすると、生活に追われて大好きだった釣りにも行けないことが私の意識下に作用して、それに命じられるかのごとく住居を選んでいたということなのだろうか。そうだとすれば、潜在意識おそるべし、と言わねばならない。はたから見れば、そんなことどうだっていいだろう、というような事柄だが、本人にはそれなりに重要な問題だ。遊びごとに人生の道筋を決められているとなれば、これは今後の生活方針について、その要素を含めた上で考え直さなければならない話である。……しかし、考え直すって、どうやって？と、いつもの伝でモタモタと思いを巡らせているうちに、ふいにまた微かな記憶が目の奥の方、脳下垂体の上あたりで明滅した。なにか重要なことらしいが、どうも形がはっきりしない。私は、右目の裏あたりからさぐり針をそろそろ入れて、何度か失敗しつつその小さな塊をひっぱり出してきた。取り出しに成功した途端、はっきりと、しかし、情報としては不完全な記憶が蘇った。誰だったか忘れたが、たしか、精神分析と釣りをからめて語っている作家の文章を読んだことがある、というのがそれだ。あれは、う～ん、誰だったっけ。そもそもいつごろ読んだのかも忘れちゃってる。でも、もう一度読んでみたいなあ。なにか参考になるかもしれない。

本に関する事柄についてだけはグズでない私。早速釣り関連の書物に博覧強記な編集者に問い合わせをしてみた。すると、「それって、たぶん中村星湖の『釣ざんまい』じゃないですか」という答えが返ってきた。中村星湖！　思い出せないのも道理である。今では、一部の日本近代文学フリークの人しか、ピンと来ない名前だろう。明治末から大正年間にかけて活躍した日本自然主義文壇の寵児。処女作にして代表作の『少年行』は、明治四十年早稲田文学の懸賞長篇小説第一等に選ばれ、二葉亭四迷に賞賛された。私も、はるか昔に古書店でこの作品を「見た」（読んだではない）ことがある。

フランス文学の紹介者としても有名で、フローベールの『ボヴァリー夫人』（星湖訳では『ボワリー夫人』）を出版して発禁になったり、モーパッサンの『死の如く強し』の翻訳などをしている。私も子供の頃、星湖訳の『死の如く強し』は読んだ覚えがある。

なにはともあれ『釣ざんまい』を読んでみなければ、と、この頃はすっかり便利になったインターネットでの古書検索をかけると、あった、あった。昭和十年に健文社から発行された初版本を手に入れることができた。枯淡な装丁の品のいい本である。で、表紙をめくった途端、びっくり仰天した。巻頭に著者の釣り姿の写真が載っているのだが、その場所がなんと善福寺池なのである。写したのは、日本野鳥の会の創設者で詩人の中西悟堂。これだけでも、珍品だ。

いろいろ調べてみると、星湖は戦後東京から生誕地の河口湖に移り住んだらしいのだが、さらにくだって晩年——昭和四十年代後半——ご子息が住む東京杉並区で暮らした、と年譜にある。『釣ざんまい』の序にも、「西荻窪にて」とあるから、昭和初年代に住んでいた東京の地というのはまさしく善福寺池の目と鼻の先の杉並区西荻窪。つまり、家の近所で「釣ざんまい」に励んでいたとおぼしい。

星湖が坐って竿を出している善福寺池畔は、はるか昔の姿なのではっきりしたことは言えないが、たぶん北側の広いボート池のどこかであると見える。私がかつて住んでいた場所から二、三百メートル、うっかりすると数十メートル以内だろう。同じ釣り場、住居も近所という親近感が一気に高まる。そして、本文を読むと、親しみの気持ちはさらに強くなった。語弊があるかもしれないが、いかにも小説家が書いた読み物らしい「いい加減さ」に満ちているからだ。

星湖は、「第一篇　釣の文獻」「第二篇　釣の哲理」「第三篇　釣の實際」「第四篇　釣の隨筆」という『釣ざんまい』の章立てのうち、第三篇までは「釣を以て單なる娯樂または藝術より以上の物たらしめる目的」のもとに「首尾一貫した『釣讀本』に仕上げたい」という思いで書き上げた、と「序」のなかで冗談半分本気半分で述べている。

娯楽や芸術以上になったら、いったい釣りはどこへ行っちゃうんだろう、とそぞろ心配になるのだが、なにかそういった稚気がこの本には横溢していて、はからずも（いや、ひょっとすると星湖の計算だろうか？）たくまざるユーモアを醸しだしているのである。

「いい加減」な感じは、そうした大げさな物言いだけではなく、たとえば第一篇の釣りの文献に関する部分でも存分に発揮される。原始時代の釣りが、職業的漁労から遊戯的な釣りを発生させるにいたった経緯の説明は、決して学問的な精度・強度を目指したものではなくて、いわば床屋での世間話――「景気、どうやったらよくなるんですかねえ」「そりゃあ、金融引き締めをやめてインフレターゲットで行くしかないわなあ」なんていう会話――に類似した感じで語られているし、古事記や万葉集、古今・新古今から、ホメロスの『オデュッセイア』、新約聖書にいたる古今東西の文献に釣りの記述を見つけ出そうとする態度にも、論旨を構築していこうという意志は希薄で、絵巻物のようにずらずら事例を上げるにとどまっている。

釣りを民俗学的に解析しようというのであれば、むろん中村星湖のような「いい加減さ」ではまずいだろう。だが、ひとりの、それも釣り好きの小説家が手すさびで思念をもてあそんだ結果だと見れば、微笑ましい。「序」の大言壮語が、なおのことその微笑ましさを倍加させる。実をいえば、私自身かつてワインについてこの種の「いい加減」な本を書いたことがあるせいで、共感しきりなのである。

そうした意味で、『釣ざんまい』の白眉は、第二篇の「釣の哲理」になるだろう。私が頭の片隅にしまっていた精神分析と釣りに関する記憶は、まさにこの章から抜粋された文章が、なにかのアンソロジーに収録されていたのを読んだことに起因しているのだ。妙中の妙をいくつか引用してみよう。

「釣好きになる第一の原因は、理性的、意識的なものではなく、感情的、意慾的もしくは本能的のものであらう、と私は思ふ。」

「子供の頃好きであつて、大人になつてからも忘れられない遊びといふものは、さう数《かず》あるものではないが、そのなかでも、釣の遊びは第一の位置を占めてゐる、と言ひ切つても差支《さしつかへ》はあるまい。この事實は即《すなは》ち、釣趣味といふものが、人間の欲望のうちでもつとも根本的なものであること、よし根本的ではないまでも、それに最も近いものであることを暗示してゐるわけである。」

「生物もしくは人間の本能は二大別される。即ち自己保存の本能と種族保存の本能とである。釣するといふことが本能的であるとするなら、いづれの本能に屬するかといへば、それは食物を獲る手段の一つであるが故に、自己保存の本能に屬することは言ふまでもない。ところが、その事は、職漁家の場合にはぴつたり當てはまるのであるが、遊漁家の場合には當てはまることは當てはまつても、何となく間遠《まどほ》のやうな氣がする。（中略）そこにはまだ何か違つたものが潜んでゐるのではあるまいか？」

「人間の道樂といへば、飲む、打つ、買ふの三道樂が主位を占めてゐることは、寄席の高座などでよく言はれることである。それらの道樂を仕盡したといふ人でも、釣道樂はやめられないといふのが、『釣は道樂の果て。』の第一の意味」

「三道樂も、道樂の果ても、聰明な人たちから見ると、實に『愚かな事』であるのに變りはなく、それ以上に釣師は、日本一、または世界一の馬鹿といふ事に、普通の相場は決まつている。その馬鹿なことに、なぜわれもひとも惑溺するのか？」

「道樂といふ程の事はすくなかつたが、それでも何かの遊びをやり初《はじ》めると、私は凝る方だった。文學が第一で、その次は碁もしくは弓だった。三番目が釣だ。すべて、それらの欲望が現實では滿たされない場合にはよく夢に見た。戀《こい》を知り初めた頃よく戀人の俤《おもかげ》や戀の場面を夢に見たように。

夢にまで見る欲望の強さは、そうざらにあるものではない。文學は性慾（即ち種族保存の本能）の變態だといふことを私は早くから考へてゐた。まだ、フロイドの精神分析學などをかぢらない以前の事である。釣もさうぢゃないか、と氣が付たのも間もなくだった。」

釣りは恋愛もしくは性欲の変形！　フロイドまで飛び出すところが、実にすごい。さらに星湖は、釣りについての座談会で、同席した哲学科出身の人にこんな意味のことを述べている。曰く、魚がかかるのを待つ気持ち、あわせて手ごたえがあった気持ち、ぐいぐい糸が引き込まれる気持ちのわくわくする快感は、鬱積していた空気が解放されるような、いやむしろ、もっと実質的なものが流出もしくは射出する心地よさなのだ、と。しかもそれは、男性のみならず女性も感じるものなのだ、とも。

「射出」ですよ、「射出」。釣りというものが、そんなにも実質的エロスと等価だなどとは、あまり考えたことがなかったので、思わずニヤニヤしてしまった。たしかに、魚が、それも思いもよらない大物がかかった時などは、頭が真っ白になるほど無我夢中になるし、獲物をうまく引き寄せられた瞬間には、エロティックとしかいいようのない甘美な満足、そして直後、やはりたとえようもなく甘美な虚脱に襲われることがあるのは事実だ。

しかし、その考えでいくと、私の転居はことごとく、少年時の性的快感の記憶に主導された、満たされざる潜在願望の意地汚い表現ということになってしまう？　どうも納得できない、というか理屈としては納得できても、感情的には承伏しがたい。なんだか、人間よりも魚に欲情する変態みたいだ。

もっとも、思い当たるふしがないではない。釣りに夢中になる前、私は世界で一番かっこいい生き物は、シュモクザメとジンベイザメとシロナガスクジラ（クジラは魚類ではないが）だと思っていたし、週三回家の前にやってくる魚屋の到着を待ちこがれ、さまざまな魚がライトバンの荷台に並べられるのを呆けたように飽かず眺めていた。

おっと、話の方向がどうもずれた。要するに中村星湖が言っているのは、完全に満たされることが少ない性的欲求を、別の次元で具現化したものが釣りの快楽だ、ということである。それを敷衍《ふえん》すると、釣人とは現実の世界でうまく満たせない欲求を、釣りという代償行為で発散しているモテない者、もしくはいくら満たそうとしても満たしきれない欲望を、釣りでまぎらす精力過剰の人間……。あれっ？　やっぱり、どうもあまり芳しくない方角に話が転んでいってしまう。モテないというのではシュンとしてしまうし、欲望過多というのもみっともない。よく、釣師は好色だ、という俗説を耳にするが、そして、自ら省《かえり》みてそういう側面があることも認めるが、釣師でなくとも好色な人間は山ほどいるし、どうも性欲と釣り欲をじかに重ねてしまうのはしっくりしない。

こうなってはしかたない。いくら頭の中だけで力んでみたところで、思考が進展する余地はなさそうだ。思いきって、昔馴染みの釣り場に出かけて、かつて恋した人に時を隔てて再会したような気分になるかどうか試してみることにしようか……と思ってはみたものの、今度はどこに行くか考えてはたと困ってしまった。今時、善福寺公園や井の頭公園で釣り糸を垂れるなどできる話ではないし、深大寺の釣り堀はなくなってしまった。府中近くの多摩川べりにあった通称「ジャリ穴」という、知り合いの人にはじめて鮒釣りに連れていってもらった野池も、とっくの昔に消滅している。

小一時間思い出のあちこちをかき回しているうちに、ようやく一ヶ所脈がありそうな場所にたどりついた。静岡県沼津市にある門池《かどいけ》。江戸時代に作られた人工のため池である。沼津出身の母の友人が、このため池のほとりに住んでいて、夏休みに何度か訪れたことがあるのだ。この釣場で、母の友人の子供たちとへら鮒や真鮒、アカハラといった魚をよく釣った。池の周りを巡回していたおじさんに、五十円の入漁料を取られたから漁協か何かが放流していたのだろう。インターネットで調べると、今は公園になっていて、へら鮒や鯉、ブラックバスなどが釣れるらしい。しかも、無料で開放されている。

パソコンの画面上に映った池の情景は、私の記憶とはずいぶんかけ離れている感じだったが、そこはそれ、はるか昔の恋人に会うわけだから、様子が違っていて当たり前さ、と尻込みしがちな気分を引き立てつつ車を飛ばした。持っていきますものは、鮒釣り用の浮き仕掛け。練り餌にサシ、ペレットのまき餌。自宅から二時間足らずで到着した現地は、パソコン画面の様子で覚悟していた通りすっかり変わっていた。いかにも公園らしく、池の周りは遊歩道になっていて、犬を連れて散歩している人の姿も多い。埋め立てられたのか、昔の給水塔がぽつんと道路際の芝生の上に立っている。池のふちに立つ新しい給水塔のところまでの距離を目測すると、十五メートルくらい埋め立てられた計算になる。

記憶の映像では、水面と周回道路の高低差は、減水している時にはゆうに三メートルはあった。実際、近所に住んでいるという散歩中の女性に尋ねたところ、かつては水際までほとんど垂直に壁が切り立っていて、落ちてケガをしたこともあるという返事が返ってきた。壁の上から釣ったわけはないから、下に降りて竿を出したのだろうが、いったいどうやって降りたのかまったく覚えていない。

今は、芝生が水面までなだらかに続いていたり、木製のデッキが階段上に水際までしつらえられていたりと、整備は万全だ。平日だが、ルアーを飛ばす若者やへらやコイ狙いの釣人たちがそこここにいる。のどかな公園風景そのものである。しかし、私はどうにも落ち着かない。どこもかしこもつるつるした雰囲気で、釣座を決めることもできずにただウロウロするばかりだ。池の形こそ、かつての面影を残してはいるが、そのかすかな残り火がかえって変わりようの激しさを私に強く印象づける。変わっていないのは、遠く富士山が望めることぐらいだった。

などと愚痴ばかり呟いていてもしかたないので、気が進まないながら、意を決して仕掛けを竿につけて釣りはじめる。が、まき餌をまいても反応はあまりない。遠くでコイらしき魚がはねたりもじったりするが、私の浮きはピクリともしない。やがて、ほんのかすかに当りのようなものがあった。半信半疑であわせてみると、あがってきた仕掛けの先に五センチほどの小魚がついていた。ハゼの仲間である。結局、釣果はそれっきりだった。昼前から五時間ほど粘ってみたが、五センチのハゼ一匹。朝から釣っていた人の魚籠には、三十センチほどのコイが三匹入っていたが、そのほか数人の釣果はみなゼロだった。真冬ということもあって渋いのだろうが、そぞろ寂しくなる貧果だった。

普通だったら煮えているところである。しかし、どうしてかイライラも腹立ちもなかった。釣れなくても構わない、どうでもいいという、うそ寒い白けた投げやりな気分が私を覆っていた。昔恋い焦がれた人に会いに行くような気持ちで、などと軽く考えてでかけてきたのだが、人間同士と同じようにうかつにそんなことをしてはいけないのだとつくづく悟った。でも、もう取り返しはつかない。意味もなくニヤニヤしつつ（自分への照れ隠しもあった）竿を収めたのが夕方五時近く。釣りと性欲の関係うんぬんどころか、なんだか不能になってしまったかのごとき感覚に打ちひしがれて私は駐車場に戻った。こうなると、子供時代に遊んだ釣り場近く選んで転居していた自分の気持ちというものが、さっぱりわからなくなる。

思えば、石神井公園に暮らしていた間も、公園はどんどん整備され以前の姿を失っていったし、そのほかの公園も歳月とともに微妙に変わっていった。そして、そんななりゆきになるだろうことは、私もちゃんとわかっていたのである。とすると、みずからの遊び場が変わっていく現場に立ち会い、その変わりようを地味にしがむように味わっていたかったとでもいうのだろうか。負け惜しみ的な変態性？　もう、なにがなんだかわからなくなってしまった。とはいえ、やはり気落ちしたまま帰るが癪である。せっかく沼津までやって来たのだから、中村星湖の生まれ故郷・河口湖まで行って一泊し、あわよくばワカサギでも釣ってやろうという色気を出し、私は門池から山梨にむかった。

湖畔のホテルにとまった翌朝、目覚めて窓を開けるとすごい風。雪化粧をした富士山の頂上からは、雪煙が長くたなびいている。湖面は遠目にも白く激しく波立って、とてもボートなど出せる状況ではない。ワカサギ釣りなんて、夢のまた夢。ついてないなあ、とため息をついて釣りはあきらめ、私は河口湖大橋のすぐ脇、産屋ヶ崎に建つ中村星湖の文学碑に「お参り」をした。高さ一メートルほどの丸みを帯びた石に、「溶岩（ラバ）のくずれの富士の裾はじつに広漠たる眺めである」という『少年行』の冒頭部分が彫られていて、そこから対岸の彼方にある真っ白に雪をかぶった富士山を望むのは、自分が絵の中に溶け込むようで実にいい気分だった。『釣ざんまい』に鼻面を引きずりまわされるようにしてここまで来ちゃったけれど、これはこれでいいか。

なんて、いつになく殊勝な締めくくりになる……ところだったのだが、釣師としてのよこしまな色気はやはりおとなしくしていなかった。中央道の大月インターを過ぎるあたりから、ムラムラと欲求不満がこみ上げてきて、相模湖インターまで来ると、思わず知らずハンドルがきられ、あっと気がついたら天狗岩釣案内所のボートに乗って、風がないだ相模湖の湖面に浮かんでいたのである。ああ、釣りはやはり性欲だった。一度火がつくと、理性では止めようもない。

四時間足らずで百匹ほどを釣り上げた私は、昔の恋人と白けたベッドインをしてしまったあと、口直し(!)に行きずりの女性とコトに及んでしまった悪党のような気分で相模湖をあとにした。釣人は、白昼夢の中でだけは色悪でもある、と思いながら。

立原正秋

釣りで人は救われるか？

ヴェルモットには、少なくとも見た目にははかなげな風情があって、絶望的な心持ちに陥っている若い女が口にする酒としては、充分に雰囲気がある。

太平洋をのぞむホテルの一室にて

たちはらまさあき
一九二六年―一九八〇年。朝鮮半島生まれ。後に日本へ帰化する。『白い罌粟』で直木賞を受賞。純文学と大衆文学をともに手がける流行作家となる。第7次『早稲田文学』編集長。美食家としても有名。代表作に『冬の旅』（読売新聞連載小説）、『残りの雪』など。

「飢えた子どもの前で文学は可能か？」というのは、二十世紀フランスを代表する思想家のひとりジャン・ポール・サルトルの言葉だ。実存主義の立場から、やがてアンガージュマン、すなわち「参加」の哲学へと歩を進めた人物ならではの問いの立て方だと思う。とは思うのだが、私には問いかけの立脚点がよく見えない感じがするし、ある種反語的・自省的な表現で文学の可能性を捉えようとしているのだろうが、それでもなんとなくはるか高みから下界を見おろしているような不遜な臭気がただよう気がして、どうも好きになれない。

過酷な状況におちいった人間にとって、想像力がどれほど重要な役割を果たすか、ということについては、もちろん、私もよくわきまえている。ナチスドイツがユダヤ人絶滅のために作った強制収容所アウシュヴィッツの、言語に絶する悲惨を生き延び、その体験を元に『夜と霧』を書いたヴィクトール・フランクルの観察によれば、未来への展望や楽しかったことの記憶、思索の習慣、ユーモアを感じる能力を持たない収容者は、想像力にあふれた者よりもはるかに耐久力が乏しく、次々に斃《たお》れていったという。

文学もまた、想像力をその根幹に置く表現形式である以上、悲劇的境遇にある人間になんらかの効力を持つかもしれないし、また、「飢えた子供」の姿を映し出す文学行為が、非当事者の意識を覚醒させて、飢餓状況それ自体の解決に結びつく可能性も、まったくないとは言い切れない。

だが、やはり、かつて開高健がビアフラ内戦の現場に行き、極度の栄養失調のため直腸が肛門からずり落ちてしまわないよう尻の穴にストッパーをして、力なく坐っているだけの子供を見てしまった時、ただ絶句するほかなかったように、非当事者はたぶん黙るしかないのではないか。たとえその光景を語るにしたとしても、いやしくも「文学者」を名乗るような人間であれば、言葉にできない何かを言葉にしようとする自分を疑いながら、絶句と絶句のはざまで無力と絶望をささやくしかないはずだ。まちがっても、軽々しく希望を口にしたり、声高な糾弾をすることなどないはずである。

話が暗い深みにはまってしまった。少し浮上しよう。

「飢えた子どもの前で文学は可能か？」というフレーズを、ちょっと変えてみる。「（ほどほどに）飢えた大人の前で文学は可能か？」、と。

これについては、わが日本にひとつの答となるような例がある。太平洋戦争に敗北した昭和二十年からの数年間、日本人の多くが充分な食料を得ることができずに飢えていた。その時期、実は文学バブルがあったのだ。

文芸誌といえば、ここ二、三十年恒常的な赤字体質を続けている。大手出版社のいくつかが漫画の収益で潤っていた頃は、税金対策の一環とさえ言われていたのである。ところが、その文芸誌が唯一軒並み黒字だった時期があり、それが敗戦後の数年間だったらしい。食料を得るための貴重な金銭を文芸誌なんかのために払っていたわけだから、当時の大人たちの精神的飢餓がどれほどのものだったか、今の世相ではちょっと想像できない。

言うまでもなく、本を買って読んでいたのは、本来持っていた知的好奇心を戦時体制によって抑圧されていた人々が大部分であるのはまちがいない。しかも、いくら充分に栄養を取っていないといっても、完全な飢餓状態ではなく、金もいくぶんかは手に入ったからこそそんなことができるのであり、ビアフラの子供と同日の論がなせるわけでないのはもちろんのことである。とはいえ、肉体的飢えが極限に立ち到らない限りにおいては、精神的な飢えを満たす何かが必要だ、というのはあきらかだろう。

というようなことをつらつら考えているうちに、冗談好きの悪魔がまたしても私の頭の中にくだらない言い換えを吹きこんでしまった。曰く、「飢えた子どもの前で釣りは可能か？」

真面目な話かと思っていたら、やっぱりいつもの与太話か！　と怒られてしまうかもしれないが、しかし、これは単なる与太というわけではない。釣りは遊びである以前に食料獲得のための方法なのだから、飢えた子どもに食べさせるために魚を釣ろうとしているのならば、しごくまっとうな行為である。少なくとも、死にかけている子の前で世界の美について書かれた詩を朗読するよりは、現実的に有効な手段だ。

問題は、遊びとしての釣りを、悲惨な境涯の子供の前でやることになんらかの意味があるか、ということだろう。巨大なナマズが釣れるからといって、内戦の泥沼に陥っている国の河川に、わざわざ出かけていく人間はたぶんいないだろうが、そういう極端なケースを除外するなら、意外に私たちはその種の無慈悲をやらかしている場合がある気がする。親に捨てられたストリートチルドレンが腹をすかして徘徊している南国の海浜都市に、カジキ釣りをしようとでかける大物釣師はたくさんいるし、私自身ケニアからタンザニアを回った時、ビクトリア湖にセスナを飛ばして巨大なナイルパーチとファイトしないかと誘われた経験もある。

別に聖人君子を気取るわけではないし、その時は別の事情もあってナイルパーチにお目にかかる機会を逸したのだが、それでもどこか心の奥底にチクチクする痛みを感じたのは事実である。ケニアやタンザニアの経済状況は、日本に比べればきわめてよくない。金持ちもいるが、それはごく一握りであって、国民の多くはセスナをチャーターして釣りに興じるなどという真似は、夢のまた夢（たとえできたとしても、釣りなんて酔狂なことをやりたがるかどうかわからないが）である。しかも、食料源としてビクトリア湖に移入されたナイルパーチは、つまりは外来魚であって、環境問題のみならず経済がらみの社会問題にまでなっているのが現状だ。お気楽に、やった、巨大魚ナイルパーチを仕留めたぜ、と悦に入っているわけにはいかない。

という風に考えると、遊びとしての釣りには、少なくとも人生論的にはほとんど価値がないように感じられてしまう。だが、本当にそうなのか?

なぜこんな役にも立たないような事柄をうじうじいじり回しているのかというと、それは立原正秋のせいなのだ。正確には、彼の「七号室」という短篇小説を読んでいるうちに、救いの文学から救いの釣りなどという突拍子もない地点に思考が走っていってしまったのである。遊びの釣りは人を救うことができるか? という問い。

小説好きの人なら、立原正秋と聞いて首をひねるのではないかと思う。釣りとはおよそかけ離れたイメージの作家だからだ。

ごく簡単に立原正秋の生前のプロフィールを述べるなら、「李氏朝鮮の貴族の末裔である父親と日本人女性の間に生まれた日韓混血の出自を持ち、戦争中の日本でそうした出自の者が受けねばならなかった苦痛、『血』をめぐるさまざまなコンプレックス、近親相姦などの性の深遠、能や焼き物といった日本的美意識への沈潜などを、巧みな物語構造と流麗な筆致で描きだした直木賞受賞の流行作家」、という風になるだろうか。

さらに付け加えるなら、文壇にデビューした頃から鎌倉近辺に居を構え、美食家としても著名だった。魚釣りとの接点を強いて見つけるとするなら、その美食家というあたりだろうか。雑誌などに発表された写真に、獲れたてらしい魚を片手に着流しで海岸を歩いている一葉があったりするから、漁師との付き合いなどもあったのだろうと推測できる。とはいえ、たとえば代表作のひとつ『薪能』（これは芥川賞の候補になった）で描きだされた、玄妙かつ深沈としたいとこ同士の恋の悲劇と釣りでは、平仄《ひょうそく》があまり合うとはいえない。

ところが、そんな彼の短篇に、釣りがずいぶん重要な役割を果たすものがあるのだ。それが『海と三つの短篇』というシリーズの中の『七号室』である。簡単に内容を記してみよう。

秋が深まったオフシーズンの海浜ホテルに、一組の夫婦がやってくる。三十四歳の俳優めいた顔立ちの宝石商と、華奢で美しいその妻。妻はホテルにチェックインしたときから酔っていて、夫はその妻を「腫物にさわるように」いたわっている。

彼らを七号室に案内したボーイは、女にチンザノを一本持ってきて欲しいという注文をうける。そして、その日から二人はほとんど部屋を出ず、妻の方は日に四本のチンザノを空けているだけ。そんな不穏で妙な夫婦者に、ホテルの支配人をはじめ従業員は不安と困惑を覚える。

彼らの様子をうかがいながら、支配人はかつて子供を亡くした時の妻との関係・苦悩を思い浮かべ、きっとあの夫婦もかけがえのないわが子を失ったのだろう、と想像する。係りのボーイは、別れ話のためにやって来たのだろうと憶測し、コック長は夫の会社が倒産したにちがいないと考える。

夫婦が投宿して「五日目の朝九時すぎに、七号室から受付に電話があり、」「海にボートをだせないかと」夫が言った。

「『釣りでもなさいますか？』

『釣りをしてもいい』

『モーターボートをだしましょう。四人のりがございます。もちろん奥さんもごいっしょでございましょう？』

『釣りをするか？』

亭主はソファにかけている細君をみて訊いた。彼女はチンザノのはいったコップを右手にもって海をみていた。彼女は自分の夫を見返し、なにも言わずに再び海に視線を移した。

『とにかく釣りの用意をしてもらえればありがたい』

亭主は支配人をみて言った。

『そう手配いたしましょう。わたしとボーイが一人同乗します』（中略）

やがて夫婦が岸におりてきた。亭主がさきにホテルの庭から石段をおりてきた。そのあとから、左手にチンザノの壜、右手にコップをもった細君がゆっくりとおりてきた。亭主は石段をおりると、細君がおりてくるのを待った。そしてなにか言いながら細君の手から壜をとりあげた。すると細君はうなだれた。亭主はさらに細君の右手からコップをとりあげようとした。すると細君はいきなりコップをホテルの石垣めがけて投げつけ、あたしまで殺すつもりなの！　と怒鳴った。それから亭主のあとをすごすごとついてきた。亭主は細君からとりあげた壜をボート小屋の入口にそっとおき、それから細君の腕をとってボートにのりこんだ。

風がなかったので海上はおだやかだった。支配人は岸から半マイルの海上でエンジンをとめた。そこで釣糸をたれた。酒をとりあげられた細君は海上につくまで沈んでいたが、亭主が釣糸をたれる頃からいくらか元気をとり戻したようにみえた。しかしくちはきかなかった。支配人が鯵《あじ》を餌にかなり大きな鱸《すずき》を一本あげた。

「御昼食に鱸のフライをさしあげられます。それとも御刺身にいたしましょうか」

支配人が訊いた。

「刺身がいいね。夕食のときでよい」

亭主が答えた。

「そういたしましょう」

それからしばらくして亭主が釣糸をたぐった。細君が釣糸のたぐられている海面をじっとみていた。支配人は細君の目に好奇心が漂っているのをみた。二十センチほどの魚が白い腹をみせて水面におどりあがった。

「鯵かね」

亭主が訊いた。

「いえ、せいごです。あげてごらんなさい」

支配人が答えた。

亭主は網をつかわずに糸をたくしよせ、魚を手づかみした。

「せいごです。こいつが大きくなると鱸になりますが、こいつは塩焼に適しています」

それから支配人が三百匁の黒鯛を一枚あげた。あげるまでにはかなりの時間がかかり、リール竿が弓なりに撓《たわ》んだ。

「こいつは茅渟《ちぬ》鯛《だい》ともよばれていますが、ここであがるのはめずらしい」

「もっと沖へでなければ釣れない魚かね?」

「いえ、岩かげあたりでよくかかる奴です。この辺は海底が岩だから棲みついちゃってるんですね。しかしこれだけの時間に三本とはよくあがりました」

彼等は鱸とせいごと黒鯛の獲物をもってボートの舳先《へさき》を岸に向けた。支配人は、魚があがるときの細君の目のかがやきをおもいだし、これであの細君の心をいくらかでもなぐさめられたものなら、ボートを海にだした費用は頂戴しなくてもよいと思った。」

岸からわずか半マイルの海上で、短時間に三匹の獲物を釣り上げた翌日の昼過ぎ、夫婦者はチェックアウトする。妻はしらふで「蒼ざめてはいたが、どこか緊張のとれた顔だった。」

ホテルの支配人、ボーイ、料理長が、それぞれ「あの夫婦は昨日をさかいになんとか切りぬけたのだろう」「別ればなしはとりやめになったのだ」「あの若さじゃ倒産してもすぐ立ちなおるだろう」と考えるところで小説は終わる。

静かな雰囲気のよくまとまった短篇だが、私が述べた内容を見てもらえば分かるとおり、縦に読もうが横に読もうが釣りがひどく重要な要素になっていることは見まがいようがない。だが、「あたしまで殺すつもりなの！」などと怒鳴るような鬱屈を抱え込んだ女性が、魚を三匹釣ったくらいでいくぶんでも癒されるものだろうか、という根本的な疑問にさいなまれてしまう。よしんば、すでに回復するきっかけを待つだけの精神状態だった、と仮定してみたところで、不審が完全に去るわけでもない。

たしかに、働きづめでストレスを目一杯抱えていた人が、釣りに目覚めて熱中したことによって、とても息がしやすくなった、といった例はよく耳にする。しかし、絶望的なまでに追い詰められている人物が救われるほどの特効薬的性格を釣りが持っているんだろうか？　という釈然としない思いは依然として残る。いきおい、「人は釣りで救われるか？」などという問いを立てたくなってしまうのである。

こういう疑問が生じてしまった場合の私の対応は、見事にワンパターンなまでに決まっている。とりあえず、作品の状況を実際になぞってみる、だ。もちろん、私は絶望的精神状態には追い込まれていない。夫婦関係については、……まあよくわからないが、とりあえず作中の夫婦のような状況でないのはたしかである。それでなにが分かるのか、と言われれば、口ごもるしかないのだが、机の前に坐っているだけでは探知しえない何かに遭遇するかもしれないという……いや、弁解すればするだけ見苦しいか。ただ単に、私はどこかに出かけて釣りをしたいだけなのだ。

といっても、作中の夫婦者と違って私にはとりあえず釣りの経験がある。いまさら初心者の気分にはなりにくい。どうしたものかと考え、未経験の釣り物に挑戦することにした。狙いは、千葉県は金谷沖で釣るアオリイカ。雑事と原稿その他に追われて三ヶ月釣りができず欲求不満でたれこめていた私は、チンザノを一本買い込んで千葉の突端のホテルに車を走らせた。本来なら、作者が暮らし、小説の舞台にもし続けた湘南か三浦半島の海に向かうべきなのだろうが、行きたい船宿があるという身勝手な都合による場所選定。これだけでも、立原正秋ファンには磔《はりつけ》ものの所行だろう。こうべを垂れるしかない。

　選んだホテルは、以前何度か前を通りすぎたことのある平砂浦ビーチホテル。太平洋が眼前に広がる部屋で、まずはチンザノを飲む。オンザロックにした白ワインベースのヴェルモットには、少なくとも見た目にははかなげな風情があって、絶望的な心持ちに陥っている若い女が口にする酒として、充分に雰囲気がある。ジンやウォッカを飲ませたりしたら、気性の荒い女性か、もしくは重度のアルコール中毒に感じられてしまうかもしれないから、比較的アルコール度数の低いこの酒を選んだ作者のテクニックは、なかなかだと思える。アルコールなどあまり口にしたことがない女性が、心に重い痛手を負ってがぶ飲みする酒には、変な言い方だが、うってつけだ。

　ただ、マティーニに使う以外個人的にはまず飲まない、というかあまり好まない酒なので、無理をして飲んでいたら気分と頭が重くなってきた。作品をなぞる上では、実に好都合である。

このまま陰惨な気持ちになれれば、明日船に乗った時、いつもとは違った解放感が感じられるかもしれない。と、ほくそえんでいたのだが、私は私のこらえ性のなさを甘く見すぎていた。チンザノにしばらく沈潜しているうちに、どうにも我慢ができなくなって部屋を飛び出し、強い風が吹く海岸に出ていってしまったのだ。おお、海風のなんという心地よさ！　それだけならまだいい。なかなかいい露天風呂があったので、ついでにざぶり、ああ極楽だ。……完全に検証失敗である。

しかし、逆に考えるなら、ヴェルモットを飲み続けて四日間部屋からろくに出ない、という行動パターンを示した作中の夫婦が、どれほど陰鬱な気分だったか、よく実感できたといえるかもしれない。普通の精神状態だったら、とうていそんな不活発なことはできないはずだからだ。チンザノを焼酎に変えてずいぶん飲みはしたが、結局鬱屈しそこねた私は、翌朝早くホテルをチェックアウトした。これも、作品に忠実にふるまうなら六日間滞在しなければならないのだが、当然そんな金銭的・時間的余裕はない。ますます検証が怪しくなる。

天気が私の気分設定失敗を肩代わりしてくれるつもりなのか、雨交じりの強風で空はどんより曇っている。しかし、余計なお世話だ。「七号室」の設定では、夫婦がボートに乗った日は晴天で凪。正反対である。第一、こんな天気では船を出してもらえるか危ぶまれるところで、そう思うと心が焦りで自然に暗くなる。これではめざした暗さとは全然違った質の心配事になってしまって、もう本当にしっちゃかめっちゃかである。

さいわい船宿「さえむ丸」の船長三浦さんは、船を出してくれた。ボートなどではないれっきとした釣り船だが、かなり小ぶりな船体なので、一メートル半はたっぷりあるだろう波にあおられると、文字通り木の葉のようにゆれる。横波を喰らったりすると、ちょっと怖くなるような跳ね上がり方をする。事実、港を出る前から、船長に「たぶん、三十分くらいしか沖にいられないよ。今はまだいいけど、雲の様子がよくないから、あっという間にひどくなる」と釘をさされた。

この三浦さん、アオリイカの乗り合い船を始めて四半世紀、名手として名高い船長だ。また、その評判に惹かれて今回乗せてもらおうともくろんだのだが、評判通り見事な腕前を堪能させてもらった。海の上にいたのは、たしかにわずか三、四十分ほど。三浦さんの予告通り、波と風が強くなって港に引き返さざるをえなくなったのだ。だが、そのわずかな時間でアオリイカ釣り初心者の私に、きっちり獲物を釣らせてくれたのである。よほどの技がなければ、こうはいかない。すごいものだと、あっけにとられた。

で、肝心のお題目「釣りで人は救われるか？」。

結論は……結局よくわからなかった、である。「アオリイカが釣れて私がうれしかったか?」という問いかけに対してなら、明確な答はある。この時撮影した写真には、どうにもだらしない笑顔でイカを捧げ持っている私が写っている。釣りをすると、なぜこうも無防備な笑顔になってしまうのか、われながら呆れ果てる。「救い」というより「救いようのないバカ」そのものだ。

ただ、ある微妙な感覚には気づいた。よくよく考えてみると普段からそうだったのだが、ことさらには意識化してこなかった感覚。それは、海上に出た途端、自動的に全身を満たす解放感だ。船が岸壁を離れて走りだすとじわじわ広がっていく独特の心地よさ。昔、素潜り漁をよくやっていた頃にも、この種の解放感を濃密に感じたものだが、最近ではポイントに到着するまでの船上でいつも味わっている。淡水の釣りでも、海ほど頻繁にではないが(フライ竿を手にすると、ワクワクと緊張でリラックスする余裕がないせいでそうなのだと思う)、ふいに自分の胸が窓のように押し開かれ、濁った気が一掃される瞬間がある。そこに魚の手ごたえが加われば、もうなにも言うことはない。

立原正秋が「七号室」で描きだしたのは、おそらくその感覚だったのではないだろうか。はっきりと「救い」と言いうるようなものではないにせよ、その入口となるような体感。地球そのものの生命力に一瞬触れることによって、生き物としての自然治癒力が発動される。完治するまでの長い道のり、長い長い導火線に点火する火花として、海を、釣りを配置したのではないかと思われてくるのである。

書斎に戻ってあらためて彼の全集をひもといてみると、ほかにも釣りや海が作中人物のホッと一息をつくような場面にさりげなく配されている作品があるのに気づく。一例を挙げるなら、「薪能」と同じく芥川賞候補になった「剣ヶ崎」。

李朝末期の朝鮮貴族の血を引く軍人と、鎌倉の旧家の娘の間に生まれた兄弟が、戦時中の日本の社会状況に翻弄されつつ生きた軌跡を描いた、哀感あふれるこの小説にも、釣りの場面がさりげなく挿入される。実際に魚を釣っている場面はほとんどなく、釣りにいこうと兄が弟を、あるいは弟が兄を誘う、ほんの一行二行の会話として。

ここでは、釣りは乏しい食料をおぎなう実際的な行為であると同時に、日本人社会のなかで孤立し、朝鮮の人間としてのアイデンティティも持ちえない兄弟の宙ぶらりんな精神状態を、ひととき慰め、お互いの優しい気持ちを確認する重要な儀式として描かれている。剣ヶ崎の磯でのみ、鎧を脱いで息がつけるかのように。そう考えてみると、立原正秋は、海の秘密を熟知していたのだろうと思えてくる。もっと単純に言えば、海がとても好きな作家だったのだ。

正直に告白すると、私は彼の能や能面への傾倒、過剰なまでの「日本的美意識」へのこだわりが、実感的にはうまく理解できない。彼がこだわっていたみずからの出自、そして日本で育った以上日本人であるべきだ、というかたくななまでの「美意識」が、逆に日本の伝統美を筆にのぼせる際、どことなくエキゾティシズムの匂いを文章にまとわせてしまっているせいではないかという気がする。

いずれにせよ、「剣ヶ崎」は主人公たちの境遇設定から、容易に自伝的要素を多く含んだ作品と見なすことができる。一方に作者がストイックに選んだエキゾティックな日本があり、もう一方に作者の生身が匂う海がある。だが、作者がこだわっていた日韓混血の出自が訂正されるべきものだったとしたら、どうだろう?

立原正秋は、五十四歳の若さで亡くなった。その死の床で、彼はみずからの出自について調査をさせ、自分が日韓の混血ではなく生粋の韓国人であることを知ったらしい。しかも、父親は李朝朝鮮の貴族の末裔ではなかった。それまで公表していた生まれは、幻だったのである。

しかし、果たして、調査をさせるまで彼はみずからの本当の出自を知らなかったのだろうか？　あるいは薄々気づきながら、それでも頑固に李朝貴族の血と日本人の血の交点としての立ち位置にこだわったのだろうか？　今となっては確かめるすべもないことだが、ひとつだけ惜しいと思えることがある。正確な出自を「知った」あと、立原正秋が作品を残しうる期間生き延びていたなら、海の（釣りの）解放感は、能や焼き物の美を圧倒するような大きさに育っただろうか、というのがそれである。

吐息をつくようなつつましいたたずまいで登場していた海が、もっと大胆に自由に広がって作品世界に登場し得たとすれば、それはどんな美しさを持っていたか。ひょっとすると、放埒なほど身勝手なエネルギーに満ちた男性的世界が出現したのではないか。そして、それが「救われた」立原正秋だったのかもしれない、と、ひとり合点の妄想を今私はたくましくしている。

尾崎一雄

大きいことはいいことだ?

今や、すべては小ささにむけて
雪崩をうって移行している。
そんな中、孤塁を守るのが、実は
釣人のホラなのである。

奥日光・大尻沼のフライフィッシング

おざきかずお
一八九九年―一九八三年。神奈川県小田原市出身。早稲田大学卒業。志賀直哉に師事。独特のユーモアをたたえた昭和期の私小説、心境小説の作家として知られる。一九三七年短篇集『暢気眼鏡』で芥川賞受賞。代表作に『虫のいろいろ』『あの日この日』ほか。

とうとうやってしまった。親しい釣り仲間や身内の間でホラを吹いているのならまだしも、公共の、それもNHKのラジオで私は虚偽の申告をしてしまったのである。生放送というのは、つくづくコワい。何心なくひょいっとつるりと無意識に、口からころがりでてしまったウソ。いったんそうなってしまえば、どうやっても取り返しがつかない。

「最大で十五キロという記録もあるブラウントラウト、ですか……」

「ええ」

「それを狙いにわざわざ地球の反対側にあるチリ、南極からわずか千キロのフエゴ島まで出かけて、荒野の真ん中を流れる河で三日間を過ごした。で、釣果はいかがでした?」

「最初の二日は全然ダメで、釣れてもせいぜい二十センチくらい。いわゆる日本の渓流サイズというヤツが数匹。でも、最終日にようやく……」

「釣れましたか、大物が」

「いえ、まあ、大物というほどではないんですが、五十センチ弱の高校生サイズがかかりまして。ホッとしました」

今書いていても、相手をしてくれた有名アナウンサーの「ほおッ」という感心の表情が脳裏に浮かび、後悔の雄たけびが口から洩れそうになる。どうしてオレはウソなんかついちまったのか……。

賢明なる釣人諸氏は、そのウソがなんであるかもうお察しのことと思う。魚のサイズ、である。私が釣り上げた雌のブラウントラウトは、正確には四十三センチだった。それが、釣行から七年を経た放送時には、七センチ伸びてしまった！　なによりせせこましいのは、「五十センチ弱」という言い方である。四十三センチだって、五十センチより小さいサイズであるのはまちがいない。しかし、普通「弱」といえば、五十センチには至らずとも四十八、九センチ、大負けに負けて四十七センチがせいぜいだろう。にもかかわらず、私は「弱」表現が持つ曖昧性を利用して、卑怯にも四十三センチを七センチも水増しして、半メートルの魚を釣り上げたかのような印象を聴取者に与えんと謀《はか》ったのである。文章表現にたずさわる者として、言語道断、許すべからざるふるまいであるのはあきらかだ。本来なら、お詫びと訂正を次回放送時にするのが人の道、物書きの責務であるだろう。

と思い定め、いさぎよく処決する方向で腹を決めかかっていたのだが、しかし、こうして惑乱を文字にしているうちに、そこまでする必要があるのかどうか、だんだんわからなくなってきた。そもそも釣りになんか興味を持たない聴取者が大部分であるはずだし、別に私がホラを吹いたところで世界情勢になんらかの影響がでる、などということがあるはずはない。なにもわざわざ全国放送で、私はウソつきです、とアナウンスするほどのことだろうか。

自分で慙愧《ざんき》の念に駆られたくせにこんなことを言いだすと、自分が放った火を自分で消してまわる卑怯なマッチポンプ体質だと思われてしまうかもしれないが（と、ここで言い逃れ屋の本性があらわになる）、そもそもヒトというものは、つまらないことで見栄を張りたがる生き物である。ましてや、たかが釣りの獲物の大小。少々の過大申告は愛敬のうちと見なすのが、一般的常識というものだ、と考えることも可能であるような気がしてきた。うーん、してきたぞ、してきたぞ、まったくその通りだ。なにより、「釣った魚の大きさを他人に示す時は、両手を縛っておけ」という戒《いまし》めをみずからに課すことからもわかるように、釣人はしばしば過大申告をするものである。ちゃんと自覚してはいるのだ。それなのに、しばしばホラを吹いてしまう。敬愛する先達・開高健も、名著『フィッシュ・オン』の中でこう書いていた。

「そこで私は、アラスカのナクネク川ではキング・サーモンのこんなのを釣ったのだといって、両手をウンとひろげてみせ、自分の道具箱の擬餌鈎をとりだして見せた。叫んでは両手をひろげ、ひろげては叫びしているうちに、あの偉大なキングは二十五ポンド、一メートルということになってしまい（大岡注・本当は二十ポンド、八十四センチ）、私は眼を瞠《みは》った。あのキングは、アラスカをはなれてから他人《ひと》に話すと、きっとそのたびに、大きくなるのである。一日に五センチはのびるようなのだ。三日たつと十五センチのびる。そこでいそいでもとの大きさにもどすのだが、誰かにたずねられるとまた五センチずつのびはじめる。三日ごとに私はサケをのばしたり、ちぢめたりしているのである。」

これはすでにひとつの病理である。釣りをする者の多くに発現するこの精神的傾向を単なる虚言癖と捉えず、追求・解析することによって人間性のより深い理解へと到達できるのではないか。私ごとき一個の未熟な釣人のささいなホラにこだわることより、その方がよほど豊かな果実が期待できるにちがいない。

ということで、あらためて、なぜ釣人は釣った魚の大きさをつい大きめに人に伝えてしまいがちなのか、という命題である。そして、この問題を考えるためには、まず人間にとってものの大小とはどのような感覚で受けとられるのか、について見てみなければならないだろう。

大きいものを目にした時、人はどんな印象を受けるか？　雄大、偉大、荘厳などなど、一種畏怖の感情に圧倒されるというのが、順当なところだろう。ピラミッド、ヴェルサイユ宮殿、ヴァチカンの大聖堂、ニーム近郊にあるローマ帝国が造った巨大水道橋ポン・デュ・ガール、柴禁城、タージ・マハール、仁徳天皇稜などなど、巨大な建造物を眺める時、私たちを襲うのはそうした感覚だ。

高いという尺度をも大きいものの中に含めるなら、人工物ではない天然自然の山々、たとえば富士山、あるいはモン・ブラン、そしてエベレストなどは当然こうした畏怖と畏敬を呼び起こす存在であるし、もちろん東京タワーやエッフェル塔などの建造物もそうだ。黄河やアマゾン川といった河川や湖だって、その巨大さで私たちを感動させる。

大きいからだを持つ生き物も、私たちの気持ちを揺さぶる。ゾウしかり、クジラしかり。夏休みに恐竜展が開かれたりすると、子供はもちろん大人まで内心ワクワクして会場を訪れたりする。かく言う私も、子供の頃は骨の髄まで恐竜好きで、いまだにそういう展覧会が開催されると聞くと、見に行きたくてウズウズするし、実際息子を連れていくという口実の元、いそいそ出かけて興奮していたりする。

さらにくだらない思い出を述べるなら、幼い時分、たしか東京都下よみうりランドでだったと思うが、大クジラ展という催しが行われ、そこで私は巨大なクジラの骨格標本もさることながら、クジラの巨大なペニスに口がきけなくなるほど感動した覚えがある。当時つけていた絵日記帖に、私は紙を継ぎ足してまでその感激をクレヨンで描いたものだ。ピンク色の巨大な棒が、ずずずんと横に伸びている図。画面の端には、棒に比べて五分の一ほどの小さい私が立っている。あの絵日記に、担任の女性教師が花マルをくれたかどうか忘れてしまったが、ともかくあれは私と巨大の衝撃的出会いであったことは確かである。

あだしごとはさておき、こうした雄大さへの本能的畏怖は、そのまま権力の誇示へと容易に結びつく。すでに述べた宮殿や城などは、そういう人間の性質を利用するために造られたといっても過言ではない。平たく表現し直すなら、「どーだ、オレさまはこんなにでっかい建物を造れちゃうほど力があるし、そこに住んじゃうくらい偉いんだぞ」というわけである。近代にいたるまで、言い換えれば建前上は人間が皆平等であるという概念が成立するまでは、こうした「巨大＝尊い」という観念が人々の志向の根底に横たわっていた。ところが、絶対王政やら帝政やらがひっくり返って、民主主義の世の中になってくると事情が少々変わってくる。

言うまでもないことだが、自然物で大きいものは別として、巨大建造物などは手がかかる。維持費は莫大だし、ある種の奴隷的労働力の支えなしには、ただの厄介なボロ箱になり果ててしまう。その証拠に、イギリスなどの旧家の中には、先祖代々住んできた城の維持に困って、城での結婚式などをプロデュースし、その儲けを補修費にあてたりしている。貴族気分を味わってみたいなどというミーハー趣味に毒された日本人などが、こういう誘いにひっかかって、まんまと崩れた石壁の修理代を貢いでくれているのである。

ずいぶん以前からマスコミでよく叩かれている地方自治体の箱もの行政は、この「巨大＝尊い」という根源的習性から自由になれない役人の惰性によるものではなかろうか。市庁舎をいくら大きく立派に造ってみたところで、行政の質があがるわけのものでもないのに、悲しいかな、人間の本性はなかなか変わらないのである。地上千メートルの巨大マンションを建てて、それひとつで一個の都市にする、とかいう計画を耳にしたことがあったが、さいわいバブル崩壊で日の目を見なかったようだ。しかし、景気が良くなれば、またぞろ人類史的巨大好きが頭をもたげてくる可能性は高い。

つまり、なにが言いたいのかというと、民主主義がとりあえず達成すべき善と認められ、かつ高度に組織化された情報網によって人々が動かされる現代社会では、巨大は多くの負の側面を持つということなのだ。コンピューターの形態が変化したことなど、その典型だろう。

二十世紀の半ばまでは、情報集約型のスーパーコンピューターが、将来情報網の要になると考えられていた。ところが、パソコンが開発され普及するやいなや、情報はネットワーク上のフローとなって、巨大な集積場をあまり必要としなくなった。もちろん、世界中を結ぶ網の目は巨大になった。だが、それはかつて想像されたようなひとつの大きな箱に収められた情報、といったものではなく、個々人の生身の目には感知できない存在と化している。

要するに、時代の趨勢《すうせい》は大きいものから小さなものへとシフトしているのである。パソコンの部品もどんどん小型化しているし、二十数年前は医療道具がいっぱいつまった医師の往診用カバンより大きかった携帯電話も、今は小さくなった。おまけに、機能もどんどん向上している。いずれは、携帯がパソコンの機能の大部分を代替するようになるだろう。今現在サイズを拡大しているのは、テレビの画面くらいなものだ。これだって、将来的にはなにもない空間に立体画像を精妙に投射する小型プロジェクターなんかが登場して、過去の遺物になるにちがいない。

巨大戦艦は消え、わずかに残った巨大空母も垂直に上昇できるハリアーのような戦闘機がさらに進化すれば無用の長物になるだろうし、あとは人口の増加に対応する巨大人工島くらいが未来に残る唯一の「大物」かもしれない。あ、地球の衛星軌道上に巨大な太陽電池を打ち上げて地上のエネルギーをまかなう、という線はまだ残っているか……。でも、これだって集光効率のいい素材や技術が開発されれば、小型化するだろう。

ガソリンを容赦なくばらまく大型自動車も衰退期に入っている。まあ、陸送の欠かせない主役として大きなトラックは、ここ当分消え去ることはないだろうが、技術はなにを可能にしてしまうかわかったものではないから、断言はできない。そういえば、子供の頃総排水量百万トンとかいう巨大タンカーが建造されたのを記憶しているが、近頃とんとその種のタンカーが造られているという話を耳にしない。別に大々的に宣伝することでもないから言わなくなったのかもしれないが、ひょっとすると石油運搬の面でも巨大タンカーより効率的な方策が見つかったのかもしれない。

ともあれ、便利さや快適性を追求していくと、私たちの身のまわりにある品々の大部分は、小型化していく趨勢にある。昔、チョコレートのCMで、今は亡き指揮者・山本直純さんが「大きいことはいいことだ!」と唄う合唱団を指揮していたが、もちろんチョコレートだって大きければいい時代は過ぎ去った。今や、すべては小ささにむけて雪崩をうって移行している。そんな中、孤塁を守るのが、実は釣人のホラなのである。

どんなに道具が進化しようとも、所詮釣りは魚相手の狩猟である。別の言い方をするなら、人間が本来持っている捕食本能にもとづく行動なのである。釣りがゲームセンターにある魚釣りゲームでない以上、生き物を対象にした原始的な行為であり、したがって大物を仕留めたいという欲求が消えることはありえない。巨大な獲物を仕留めるというのは、いっぺんにたくさんの食料が手に入るという実利的な面ばかりではなく、自然の偉大さを獲得するという象徴的側面もあるのだ。釣人が無意識に導かれるようにして大物を狙うのは、ここにこそ理由がある。荘厳な自然の神秘をわがものとしたい欲求のあらわれなのである。

たしかに、釣師の中には、大物釣りを軽蔑する人もいる。たなごであっても一匹は一匹であり、むしろ小さな魚を技巧の限りをつくして釣り上げることに妙味があるのだ、という主張。私は江戸前のタナゴ釣りを経験したことがないので、あるいはそうなのかもしれないとも思う。渓流釣りでも、二十センチ前後の小さくて、しかも元気なネイティヴのヤマメが釣れた方が、放流の尺モノなんかより数段うれしいという人だっている。まあ、それはそうで、ヒレが丸まった妙に太り気味の尺ヤマメがかかったところで、さほどのうれしさがないことはよく理解できる。

とはいうものの、では天然自然の尺モノだったらどうなのか、タナゴ釣りの名手が十キロを超える鯛を釣ったらどんな気分になるのか、と考えると、やはりとんでもなくうれしいのでないかという気がする。あるいは、それがさもしい根性なのだ、と突き放されてしまうかもしれないが。

もうひとつ、大物狙いに水を差す意見としては、食味の問題があるだろう。鯛の十キロ超なんて、老成魚だから見た目は汚いし、食べても大味だわ肉が堅いわで、そんなものどうしようもないじゃないか。そういう風に言う人もいる。が、これも、こなし方ひとつでいくらでも旨く食べられるし、大物がある種の象徴＝トーテムであるというさきほどの見解を援用するなら、食味は必ずしも第一義的な価値にはならない。

いうなれば、釣人は原始宗教的感覚に導かれて、無意識のうちに大物を探し求めるのである。また、そうでなければ、例の魚拓というヤツが理解できないではないか。あれはあきらかに物神崇拝（フェティシズム）の一形態である。船宿の壁にところ狭しと飾られた魚拓を眺めていると、われしらず敬虔な気分になってくる。闘志をかきたてられる場合もあるが、むしろ、へえ、あんな大きな魚がいるんだ、という自然への畏敬がこみ上げてくることの方が多い。ま、釣人の無邪気すぎる自慢がこれみよがし過ぎてうんざりする、というのも正直な感想ではあるが。

したがって、釣人が釣った魚についてついつい過大申告をしてしまうのも、より自然の偉大さに接近したいという衝動のあらわれであって、いわば宗教的熱意の少々いじけた表現と解釈できるのではないだろうか。ここでだけは、依然として「大きいことはいいこと」なのである。

と、ここまでいささか強引な論証を進めてきた結果、私の脳裏にはあらたな疑問が生じてきた。意図的に魚の大きさを偽ろうとしているのでない以上、過大申告はいわゆるひとつの希望的発言である。「五十センチ（だったらいいのになあ）」である。では、その希望はいったいどの瞬間から生まれるのか？

どんなに図々しい釣人であっても、まったく魚が釣れなかったら人に吹聴することはできない。仮に、オデコを喰らったにもかかわらず、「大物が釣れた、リリースしちゃったけど」などと口にしてしまったら、それはその釣人の意識の内部で生涯消えない汚点、精神的外傷として残るだろう。そんな恐ろしいことに耐えられる人間がいるとは、到底考えられない。ということは、まず魚をキャッチしなければホラも始まらない、ということになる。それを前提とした上で、ならば、どの瞬間に人はホラの種子、言い換えれば希望的言説の萌芽を抱いてしまうのか。

この重大なテーマを証明するには、やはり身をもって体験しなければ解答を得られない。私は、すぐさま車に飛び乗って関越道を走った。目的地は、群馬と栃木の県境にある丸沼三兄弟だ。東京から手近な場所でホラの種子になるだけの大物をフライで仕留められる確率が高い場所は、まずここだろう。

もっとも、六十センチを超えるニジマスがうようよ（いや、うよ、くらいかもしれないが）棲息する菅沼は、今年は解禁していない。そこで、大尻沼と丸沼に照準を定めた。実験の手順は、一、魚をかけてから引き寄せるまでに、それが何センチあるかを想像すること。二、キャッチしたら、魚の大きさを正確に計ること。その両者の差がはなはだしければ、希望的観測が満たされなかった。すなわち、ほらの種子を胚胎した、と考えることができる。もしも、その差がほとんどなければ、私は基本的に虚偽申告をしないだけの精神的強さを保持した人間、自然が恵んでくれたものを脚色せずそのまま受け取れる強靱な魂の持ち主ということになる。

東京は晴れていたのに、大尻沼はいまにも雨が降りそうな状況だった。私は、いささかありきたりすぎると気が引けはしたが、なによりもまず魚をゲットしなければ、という思いでオリーブ色のマラブー・リーチを沈め、小刻みにリトリーブしはじめた。ボートを流しながら十数投した時、ガツンと当たりがあった。ロッドをあおると、頼もしい重量感。右に左にと魚はあばれ、ついには跳躍をした。かなり大きい！　私は目算四十センチと見定め、ワクワクしながらファイトをした。

やがて、魚が舟べりに寄ってくる。水に転げ落ちないよう注意しながらネットにおさめ、すぐさまメジャーで計測する。うっ、三十四センチ。希望的観測と現実の差は、実に六センチもあった。なんということだ！

暗い気持ちになった私は、深呼吸をして冷静になろうと努めた。天候も気分の暗さに合わせて、ますますどんよりしてくる。が、めげてはいけないと、次なる大物を求めてロッドを振った。振っているうちに、とうとう雨が降ってきた。大粒の水滴が湖面にぽつぽつと波紋を散らす。その途端、ふたたびゴンという手ごたえ。一匹目の当たりより大きい。だが、焦りは禁物だ。魚体がしっかり近くで視認できた瞬間に数値を思い浮かべなければダメだ。

やがて、魚は水面に浮いてきてもがいた。私は、今度こそ強い人間であることを証明したい、と祈念しつつ目測した。さっきの魚よりかなり大きい。ひょっとすると五十センチ？　いや、そこまではないだろう。四十八、う〜ん、四十七センチ。……あがってきたのは、四十三センチのレインボーだった。

ああ、なんたることか。私は、やはりホラを吹くべく運命づけられた人間だったのだ。必死で努力したにもかかわらず、過大な希望的観測を押しとどめることができなかった。思い返せば、これまでの人生でさまざまつまずいてきたことども、すべて希望的観測がたたった故であったように感じられてくる。すっかり気落ちした私は、それからどしゃ降りの雨の中、三十センチ強だと思える（ということは、三十センチ以下？）のニジマスを、機械的に二尾追釣したが、メジャーをだす元気もなく、五時に納竿して東京に戻った。

その夜、就寝間際、暗い余韻をひきずったたまま、作品社刊行の釣りアンソロジーをぱらぱらとめくっていた。すると、『岩魚はのびる』というタイトルが目にとびこんできた。今まで見過ごしていた、というか目にしていたのかもしれないが興味をひかれないまま読んでいなかったらしい一篇だ。書いているのは尾崎一雄。内容は、著者が井伏鱒二、それに高見順と一緒に信州に行き、そこで岩魚を釣った時の経験を綴ったものだった。

三人は梓川のほとりに建つ旅館に、山についての座談をする仕事のためにやってきたのだが、その翌日尾崎は井伏と共に岩魚釣りに出かける（高見順は別行動で、登山をしている）。釣りの経験はあまりない尾崎は井伏鱒二に教わりつつ、ふたりで二匹を釣り上げた。大きさは「とにかく両方とも、目方や寸は云はないでも好いと思ふ」程度の小物。釣り名人の井伏は不満げである。

宿への帰途、「正吉と云ふ漁師の家の前を通りかかつた時、井伏氏は、ここで大きな奴を二、三匹買つて行かうと云ひ出した。私は別にそんな必要は認めなかつたが、井伏氏が極力主張するので買ふことにした」のである。

胸が痛くなるような記述ではないか。大きい岩魚を買おうと「極力主張する」井伏鱒二。

その胸中は察するに余りある。そして、恐ろしい記述はさらに続く。

「漁師正吉氏は三匹の岩魚をわれわれの網に入れると、

『これは、何かね、あんた方が釣つたてえことにしとくのかね」と訊ねた。

私ども二人は一応顔を見合わせたが、

『いや、別にさう云ふわけでもないんだが――」と言葉を濁した。思ひ遣りある漁師正吉氏の言葉をきき、私も井伏氏も一寸複雑な心境を味はつたのである。」

釣ってもいない魚を、「あんた方が釣つたてえことに」してあげようか、と親切に言ってもらう恥ずかしさ。これは、魚のサイズを偽ることの比ではないだろう。そんな風にかばってもらうというのは、いわばみずからの心の生殺与奪の権利を相手に渡したも同然だからだ。

結局二人は、からくもそういう危地を逃れる。つまり、宿に帰るとみずからきちんと告白したのだ。

「私共は、大小取りまぜ五匹の岩魚を大きな洗面器に入れ、皆の前へ持ち出した。大きな三匹までわれわれが釣つたものと皆が思つてくれるならさう思つて貰つてもいい――そんな気持ちもいくらかあったが、やっぱり白状するのは早いに限ると、実は小さい方二匹だけがわれ〳〵の釣つたものである、と打ちあけてしまつた。」

ああ、よかった。俵に足がかかって、冥府魔道《めいふまどう》には落ちずに済んだわけだ。しかし、翌日、「井伏氏と私は、小さくはあれ、生まれて初めて釣つた岩魚だから、焼いて東京へ持帰ることに相談一決し、昨夜女中に、そのむね頼んでおいたのである。

やがて女中が紙包みにした岩魚を持つて来た。それ〴〵開いてみて、私ども二人は大声を出した。

『君、違ふよ。僕たちの釣つた岩魚ぢゃないよ、これは』

『こんな大きいのぢゃなかつたぜ』」

なんと、「女中」さんにまで、親切にしてもらってしまったのである。彼女は、笑いながら『「焼いているうちに、のびたんでせう」』と言い、さらに追及されると「『すみません』と女中は頭を下げ、『鼠にとられちやつたんです。』」とのたまう。そして、猫ではなくネズミに盗られるほど小さかった彼らの岩魚は、他の同行者たちから「改めて笑はれたのである。」

釣人の真の強さ正直さは、右のごとき苦難によって育まれるのかもしれない。だが、私はそのような自尊心ズタズタの状態に耐えられるとは思えない。やはり、小さい魚は持ち帰らずリリースすることにしよう。そして、オデコだったという虚偽を報告することにしよう。

森下雨村

ありがタイのかフクの神

「餌、用意しなくていいんですか、本当に」

鯛を誘うゴムカブラ

もりしたうそん

一八九〇年―一九六五年。高知県生まれ。早稲田大学英文科卒業後、一九二〇年創刊の雑誌『新青年』編集長となり海外の探偵小説を翻訳紹介。江戸川乱歩、横溝正史らを世に届けつつ自らも創作を手がけた。五十歳を機に土佐へ帰り、以降は釣りに明け暮れる生活を送った。

のっけから浅学非才《せんがくひさい》をさらけだすようで少々恥ずかしいのだが、つい先ごろまで森下雨村が病膏肓《やまいこうこう》に入《い》った釣り好きであり、しかも釣りに関するエッセイをずいぶん残しているということを知らずにいた。大正九年に創刊され、翻訳ミステリーや日本の推理小説、そして斬新で洒落たコラムを配した編集で一世を風靡した雑誌『新青年』の初代編集長。江戸川乱歩や横溝正史、大下宇陀児《うだる》、甲賀三郎、海野十三《じゅうざ》といった、日本ミステリー界の草創期を輝けるものにした書き手たちを発掘した名伯楽。自身も推理小説や少年物に健筆をふるった。というあたりまでが、高校時代に小林信彦のエッセイで『新青年』の存在を知り、立風書房から出た全五巻の『新青年傑作選』や角川文庫版の『新青年』傑作選集を夢中で読みふけって以来最近までの、森下雨村に関する私の知識のすべてだったのだ。

釣人兼釣りエッセイストである森下雨村とは、五年ほど前『猿猴　川に死す』を目にした時にはじめて出会った。しかし、遠縁の親しい釣り仲間が郷里で、それも川でおぼれるという不慮の死を遂げたことについて書かれたこの文章の読後感は、実はそれほどめざましいものではなかった。人物の彫り込みはあっさりとくどくなく、亡くなった友との思い出も、過不足ない描写で書き留められていて全体に品がいい。なんというか淡々としていて、どこか民話めいた懐旧談のように感じられる。にもかかわらず、どこかざらついた感覚が私の中に残った。

　はっきりどこがどう、というのではないが、なんとなく腑に落ちない。哀悼しているのだが、それがあまり迫ってこないのである。たとえばこんな部分。

「猿猴（河童のことを雨村の郷里・土佐ではこう言う。大岡註）の義喜が川で死んだ。猿も木から落ちる。ものは考えようである。猿猴が川で果てたのは、あるいは本望だったかもしれない。それも溺れる子供を助けようとして、不慮の死をまねいたのだ。義喜らしい死に方だと、わたしは暗然としながら、その冥福を心から祈ったことであった。」

　悼んでいることははっきりわかる。だが、親友が亡くなったことについて「猿も木から落ちる」と書くのは、いかに「ものは考えよう」であってもしっくりこない。少なくとも、私はそう感じる。

「義喜」との思い出を語る部分でも、故人の河童ぶりにはさらりと触れるだけで、むしろ雨村が筆を費やすのはみずからがウナギと格闘し、逃してしまったエピソードなのだ。そして、この「猿猴　川に死す」以外の随筆でも、自分自身の釣果への執着ぶりや、その多寡について言及している箇所が多い。さして釣果をあげえない人間特有のひが目かもしれないが、そうした部分に釣師の無残さが無意識にあらわになっているようで、なじめない気がしたのである。

もっとも、雨村先生は五十歳を期にすっぱりと東京の文壇を離れ、故郷の土佐に帰って釣り三昧（と農業）に明け暮れた、いわば昨今流行のハッピーリタイヤメントをした人である。人間関係において、いい意味で達観していたところがあったのかもしれないし、みずからの心地よさを追求することについても、妙なためらいを持たない決意があったのだ、と考えることは可能だ。実際、「釣友心友」というエッセイでは、こんなことを書きとめている。

『寛容と自由、陽気と友情』――この四つが、心おきなく愉しい談話が取りかわされる条件だとは、さる哲人の言葉である。釣り人の間にも、これをそのまま借用して然るべきではないだろうか。

微塵も邪念をとどめぬ空一碧の明朗な気持ちで、一切を包容する寛大と寛容さをもった人は、ほんとうによい話し相手である。それが知識人であると否とを問わず、そういった人となら、いつどこで会っても心おきなく愉しい話ができるものである。釣り人の間でも、それは同様であるが、さてそういった話し相手が容易に見つからぬものだ。

釣りも一つの競技である。仲間と張り合う気持ちには陥りやすく、人を羨む機会は多い。いい釣り場をえらんだ人を妬み、大物を釣り上げる仲間を羨む気持ちには、えてしてなりがちなものである。

『馬鹿に調子がいいね』

平静な顔で言ってはみても、心底のとげとげしい苛立たしさを如何とすることもできず、いつの間にか仲間の方へ竿先を近づけたり、じゃぶじゃぶと水中に立ちこむような無作法もあえてする。それが他人の邪魔をするばかりか、自分も釣りにならないことは、冷静に考えればわかりきっているのであるが、時にはそんな釣り場荒しの釣り人も見かけることである。人の釣るのを見て、その人の釣運目出度きをよろこぶ心の寛容さがないのである。

雨村が例として挙げている「仲間の方に竿先を近づける」とか「じゃぶじゃぶと水中に立ちこむ」といった、実に大人げない釣人のふるまいには、思わず苦笑させられる。「じゃぶじゃぶ」はさすがにやったことはないが、竿先がなんとなく釣れている人の方に寄っていってしまうというのは、なんとなく覚えがある気がする。まったく、釣人の羨《うらや》み心にはため息が出るばかりだ。

しかし、よくよく考えてみれば、この種の妬みや羨望は別に釣りに限ったことではない。むしろ、実生活の中での方が嫉妬や羨望に、それもずっと複雑怪奇なヤツに私たちは遭遇する。みずからもしばしばそうした感情にとらわれて、他人をじっと取り嫌な目つきで眺めることだってある。森下雨村が身を置いていた文筆の世界などは、まさにその種の感情に満ちあふれている。表現欲という厄介きわまりないモノノケにとりつかれてしまった人間は、ささいなことで妬んだり憎んだり、自分より評価の高い書き手のことなど早く死ねばいいのに、もしくは、あんなくだらないヤツが書いているものを高く評価するなんて、やっぱり世間はバカの集まりだ、などと悪罵を洩らしたりする。

そういう下品さを考えれば、釣人のふるまいなんかかわいいもんだ、と雨村が考えていたかどうかはわからないが、彼が五十を期に出版の世界から身を引いてしまった事実の裏には、案外その下品さが嫌になったということもあるのかもしれない。

逃れがたい業としてそういった感情が人間に不可避であるなら、釣人に現れる子供っぽい競争心は、腹立たしくも愛らしい、と雨村が思っていた、とここでは想像してみよう。となれば、釣人に「寛容と自由」を求める彼の姿勢にも、おのずと戒めと希望が含まれているのではないか? 寛容になりがたいからこそ寛容であれ、つまらぬこだわり（たとえば釣果とか）から自由になれないからこそ自由であれ、と述べる。自分自身がそれらから完全に解放されていないがゆえに、右に掲げたような内容の文章を書いたのだ、と。

引用文の最後に出てきた「釣運」という単語は、そのあたりともからんで重要だ。これを少し拡大解釈して単に「運」として捉えるなら、人生そのものへの対峙のしかたになる。つまり、どんなに技術を凝らしても釣れない時があるように、どれほど手腕があって努力していたとしても運がない時にはどうにもならず、仕事や人生で失敗を演じてしまうこともあるということ。そんな場合は、自然の流れの中で運が好転するのを待つしかないのだ、という思想。

人の生死にかかわることもそうだ。死は突然やってくることがある。あるいは不可避ではなかったかもしれないが、助からなかったのもまた、大きな自然の流れの中での運だった、と考えるなら、そこにたとえ悲しみはあっても、あきらめの端緒を見いだすことができる。自分自身もまた、いずれはこの世界を立ち去るのであり、それまでの道程は不可知の運に支配されている。努力せよ。しかし、むやみにあらがう事なかれ。そして、楽しめ。

なにやらエコロジー的隠遁者の思想みたいになってしまったが、森下雨村の意識の底にはおそらくこうした敬虔さがあったのではないかと思う。人に対して寛容であるように、運命にも寛容であろうとする。人に自由を許す代わりに、自分の自由もきちんと確保する。侵さず侵されずに淡々と、しかし、温かさに満ちた付き合いをする。そんな理想が、彼のエッセイから透けて見える気が、よくよく読みこんだあとは、するのである。

そのものズバリ「釣り人と運」と題された文章で、ある釣人のことを雨村はこう述べる。

「戦争で二人の子供を殺し、粒々辛苦の田畑は、不在地主の故をもって根こそぎとり上げられ、一時は世を、人を呪う気持ちにもなっていたDさんを救ってくれたのは、好きな釣り道楽であった。家事一切は洋裁をやっている娘に委ね、明け暮れの釣り三昧。『釣りさえしていれば、なにもかも忘れてしまうので――お陰で、このごろは、一切のあきらめがつきまして』」

さらに、雨村はこんな風にも言う。

「竿がどうの、糸がどうの、餌が、毛鉤がと、いくら道具にこってみても、それは決して釣りの本質的な問題ではないのだ。毛鉤の投げ方、あわせ方の技法がどんなに巧妙であるにしろ、それで確実に釣果を上げることは、出来るものではない。釣りには幸運をもたらす無数の条件がある。天候、水の加減、魚の食欲、外の釣り人がいるといないと――ただ、それだけでも釣運は支配される。すべての条件に恵まれた時、それが釣りのチャンスである。釣り人はよろしくそのチャンスをつかむべきで、確実性のない、いわば運をねらうところに、底知れぬ釣りの魅力があるのだ。」「この人生に変化とチャンスがなかったなら、そしてA+Bが、いつも決まってCになる世界であったなら、おそらくわれわれは、この世に生きている興味を失ってしまうであろう。（中略）釣りは人間生活の自然と自由への解放であり、無限の変化と釣運が果てしない魅力をもって、われわれを歓び迎えてくれるのだ。」

自然相手の釣りの不確実さが鏡となって、人生の寄る辺ない不確実さを映しだし、悲哀や落胆を軽減してくれる。それどころか、その不安定さをチャンスと捉えて積極的に身を投げ入れていく。そんな叡智が、ここには書き込まれている。おやおや、隠遁者の哲学どころか、超ポジティヴ！　そう、森下雨村の面白さは、すべては釣運などと取り澄ましたことを言う一方で、釣れなかった悔しさに取り乱す自分の姿を描きだす振幅にあるのだ。達観しているようなしていないような、子供のような大人のような。もちろん、本人もそのおかしみを充分わかっていて、その味わいが彼のエッセイを長生きさせているのだろう。

しかし、人生の運はひとまず措《お》いて、個人的に今とても気になっているのは「釣運」という言葉だ。実は近頃、どうも釣りの運をはずしがちな気がして仕方ないのである。もちろん、本格的にのめりこんで釣りをはじめてようやく九年、ツ抜けもしない身の上でこんなことを口にしていいとは思っていないし、そもそも技も腕もなまくらであるのは承知の上だ。それを押して、どうもおかしい。

釣りを始めた頃は、まるっきり経験値がないのだから、むずかしいと言われるカワハギ釣りに出かけて三十匹も釣れればこれは運がよかった、と素直に思えた。あまり釣れない場合は、これまた素直に腕が悪いからなあ、と納得する。だが、それなりに経験を積んでくると、私のような鈍感者にも運の良し悪しが感じとれるようになってくる。釣況を見て釣れさかっている魚を狙いに出かけると、「いやあ、おっかしいなあ、昨日までは爆釣だったんだけどなあ」と船宿の船長が首をひねる。釣れていないのは、下手くそな私だけではない。常連の名人さえ首をひねるありさまだ。そして、いやらしいのはそのあとである。私が行った翌日は、またしても入れ食いの嵐。これでは腐ろうというものである。

この一年、東京湾で、群馬の山上湖で、北海道で、いやというほどそんな状況にでくわした。でるのはため息ばかりで、しまいには「またやっちゃうのではないかしらん」という恐怖のあまり釣りに出かけたくなくなるくらいである（いや、これは嘘ですね）。

森下雨村が書いているごとく、妬みひがみは人の常。こうなると、釣りだけではなくひとまず措いておいた人生の運にまで意識が向いてしまう。しんどいことや思うにまかせないことがあるたびに、誰かがオレの運を盗んでいるのではなかろうか、と非合理的な猜疑心さえ浮かんでくる。このままでは、人格崩壊の危機に直面しかねない。なんとしても「釣運」を大吉に好転させねばならない。雨村のエッセイを読み返しながら、私は決心したのである。

さて、だが、どうやって好転させる？

釣況がいい魚種を選んで、何日か続けざまに釣りに行く、というのがひとつの手だろう。通いつめれば、一度くらいは大釣りに遭遇するはずだ。それをもって、貧果に別れを告げて「釣運」をとりもどす。

う〜ん、どうもしっくりこない。粘っていれば、それはたしかに魚の顔をたくさん拝める道理ではあるが、どこかいじましい。もっとはっきりいえば、物量作戦で相手を圧倒する体《てい》の卑怯な感じが匂って、どうも気持ちがのらない。贅沢だが、これはやめよう。

むしろ、一発勝負に賭けていさぎよく勝負を決する方が、気分的にははるかに心地いい。これまで敗北を喫してきた魚を狙って仕留められれば、運もグッと開けそうな気がするではないか。そうだそれがいい。そうと決まれば、なんの魚をどんな風に釣ればいいだろう？そこまで考えた瞬間、私の脳裏に鮮紅色の美しい魚体が身を躍らせる映像が明滅した。そうだ、鯛だ。鯛にしよう。

鯛は海に住む魚の、やはり王者といっていい。鯛より旨い魚はいるし、図体がより大きく引き味が猛烈な魚にしても数多くいる。だが、日本人にとってはあの魚の品格というものは別格の趣を持っているし、そしてなにより、私は鯛を釣り上げた経験がないのである。

え？　鯛釣りをしたことがない？　いやいや、そうではないのである。何度か（恥ずかしいので回数は書かずにおく）挑戦したが、そのたびに敗退しているのである。鯛釣りに行くたびに、外道はずいぶん釣れる。イナダにワラサ、石鯛、沖メジナ、果てはマトウダイにハタまで釣れた。だが、肝心の鯛が釣れたためしがないのである。春ののっこみの時期に釣りに行ったことがないとか、潮回りがあまりよくない日にばかりあたってしまったとか、いろいろ言い訳はあるが、しかし、同船者はきちんと鯛の型を見ているのである。

再々言うようだが、当然私の技術がダメだ、という理由は挙げられるだろう。けれども、教科書通り一所懸命誘いをかける私をしり目に、私と同じ仕掛け、同じ餌のつけかたをして、隣で置き竿にしていた同行者が見事鯛を釣り上げるという事実をまのあたりにすると、釣りの神様が意地悪をしているのだとしか思えなくなる。

よし、鯛だ。と心を決めた途端、おなじみのアマノジャクが頭をもたげる。今まで経験した鯛釣りはすべて、コマセを使ったものだった。しかし、同じことをやって運を振り向かせるというのは、芸がない。私にとって未経験の、それこそビギナーズラックになるような釣りでまっさらなラッキーを引き寄せたいではないか。

そう考えて、エビ餌のしゃくりマダイがいいか、それとも外房のビシマ釣りにするか、思案投げ首をしていたところ、耳寄りな情報がとびこんできた。専門の漁師が使う鯛カブラを改良したゴムカブラで鯛が釣れている、というのがそれだ。要するにルアーの釣りである。以前ルアーでも鯛が釣れると耳にして以来、ずっと試してみたいと願っていたから、これは渡りに舟である。早速、ゴムカブラで釣らせてくれる船宿にでかけることにした。

場所は、千葉御宿の岩和田港。長栄丸という船宿だ。ここの船長である岩瀬勝彦さんは、新しい釣り方をどんどん取り入れる、いわばマニア系。釣具店関係者などにもファンの多い船宿だということが、あとでわかった。その上、会ってみると私と同い年で、開高健の大ファン。十数年前にNHKで三夜連続放映した開高健の釣りをめぐる番組（たまたま私が司会を務めたのだ！）を録画して、何度となく観賞していたというジンブツ。奇遇である。幸先がいい。早速ヒラマサ狙いの釣人たちに混じって、秋の外房に出陣した。

問題のゴムカブラというのは、平べったい円形をした六十グラムほどの色鮮やかな錘の下に、リボンのようなゴムと、細いひも状のゴムがひらひらそよいでいるもの。鉤は、そのひらひらの中に隠れている。錘は火星人の頭のようでもあり、全体の形状は強引に言えば神社や寺の賽銭箱の上にぶら下がっている鐘に似ていなくもない。思わず拝んでから投入した。

岩瀬船長に教えられた通り、着底したら間髪をいれずリールを巻き始める。しゃくりはいれず、ゆっくり巻く。激しい動作がないので、ルアー釣りではあってもからだに忍耐を強いる釣り方だ。ゆっくり、ゆっくり、そうだ、ゆっくり。鯛よ鯛さん、かかっておくれ。

一時間経過、二時間経過。朝日がだんだん高くなっていく。が、当たりはない。同船しているヒラマサ狙いの人たちも調子は良くなさそうだ。あちゃー、またやっちゃったかな、と意気消沈しかけた瞬間、コンコンという当たり。ビクッとして思わず合わせかけたが、「すぐに合わせちゃダメだからね」という船長の言葉が明滅し、必死でこらえてリールを巻き続ける。すると今度は、ゴンゴンゴンと強い引きが！　ここだ、とばかりに合わせを入れ、巻き上げはじめる。

「あれ、当たったね。アジかな？」と岩瀬船長。だが、青物の引き方ではない。下に向かって断続的に引く。

「カサゴかな？」

その船長の言葉に反応するように、またしてもゴンゴンゴンと引く。引いてはしばらくとぼけたように無反応になり、あれっ、バレちゃったかなとこちらを不安にさせるのだが、巻き上げているとまた、ゴンゴンゴンと真下に引く。やがて、ゆるめにしていたドラグに逆らって糸を出していく強い引きを見せはじめた。おお、この引き方は！　自分で味わったことはないが、隣で釣れているのを眺めていた時に目撃したのとまったく同じだ。鯛だ！

私の血圧は瞬時に激しく上昇し、胸の鼓動が一気に速まった。ゆっくりだ、そうだあわてるな。少しずつ少しずつ、ゆっくりと……。だが、やはり私は動転していたようだ。何度巻いてもゆるめのドラグのせいで出ていってしまう糸の動きに焦った私は、ふっと無意識的な動作でドラグを軽く締めてしまったのだ。その瞬間、ふわっと糸が軽くなった。

ああっ！　私は声にならない悲鳴を上げた。魚は去ってしまった。のろのろと仕掛けを巻き上げる。すると、船長も驚く奇妙なことになっていた。ゴムカブラがないのである。結んでいたちょうどその上のところで二号のリーダーがふっつり切れている。

「こんな切れ方はじめてだ。きっと、テンションが変わった瞬間、鯛が頭を振って歯でリーダーを切っちゃったんだな。カブラに来るのは大きめの鯛が多いから、もしかしたらかなりの大物だったかもしれませんね」と、岩瀬船長が落胆の谷をさらに深いものにしてくれる。なんてことをしちゃったんだ、オレは。

こうして「釣運」は、またしても私の手から滑り落ちていった。こうなったらもう神頼みしかない。そもそも、外房で鯛を釣るのに鯛の浦にお参りにいかなかったのが失敗のもとだったんだ、などと、日頃神仏など顧みないくせに、にわかに敬虔な仏教徒に早変わりして、長栄丸を下船したあと私は鯛の浦に車を飛ばした。

安房小湊にある誕生寺は、日蓮上人の生誕地を記念して一二七六年に建立された古刹である。海沿いの道から山門をくぐり、本堂にてお参りを済ませたあと、おみくじを引く。大吉ではなかったが、吉とでる。なになに、「願望叶ふ」？　素晴らしい！　しかし、そのあとに気になる一言が。曰く、「只恐不堅心」。意思が弱いと失敗するよ、か。アイタタタ。

お参りのあとは、遊覧船に乗って鯛の浦を一回り。日蓮上人誕生の折、小湊湾内で二、三尺もある鯛が群れ浮いて銀鱗を躍らせ、上人の生誕を祝ったと言われているポイントにむかう。もっとも、上人の生誕を祝った鯛たちの末裔は、すっかり人に手なずけられてしまって、餌をまくとわらわらと寄ってきてしまうので、少々ありがたみが薄い。おまけに、鯛よりメジナが圧倒的に多くて、なんだか黒々とした魚群が大騒ぎを演じている。が、それでもけっこう迫力はあり、小ぶりではあるが鯛もちらほら。私は、その鯛にむかって手を合わせ、「今度こそ釣られてくださいね」と心の内で祈願した。

日を改めて、再度挑戦することにした。長栄丸の岩瀬船長とうまくスケジュールが合わなかったので、今度は少し九十九里側に寄った大原の力漁丸にお邪魔することにした。笑顔が優しく、気も優しい中井聡船長は、私が持参したゴムカブラのボックスを一瞥して、

「前に使ってた人がいたけど、釣れてるのは見たことがないなあ。餌、用意しなくていいん

ですか、本当に」と決意が思い切り鈍るようなことをおっしゃってくれる。しかし、ここで降参しては意思が弱いことになるわけだから、私はゴムカブラにあくまで固執した。

船長とっておきのポイントに到着すると、早速釣りはじめる。要領はつかめてきている。技量を磨き、慢心せず。船の反対側でビシマ釣りをやっている中井船長が、五分と経たないうちに「釣れた」と声をあげた。五百グラムくらいの小さな鯛だ。「このくらいのやつだと、餌取りがいない時はほとんど入れ食いなんだよね」と、ニクイことをおっしゃる。事実、それから十五分くらいの間に船長は次々に鯛を釣っては放し釣っては放している。くやしい。

と、私の竿にも待望の当たりが。……あっ、ばれた。おっ、また当たりだ。ばれた。あっ、当たり。ばれた。と、来る当たり来る当たりをことごとくばらしているうちに、とうとう魚が鉤がかりした。引きは強い。だが、前回長栄丸で経験したそれとはどこか違う。なんだろう、鯛ならいいんだが、と私は夢中でリールを巻いた。そして、勢いよく上がってきたのは……中型のショウサイフグだった。くだらないオヤジギャグが頭の中を駆け巡る。「ありがタイと思ったら、見当違いのフクの神」。なるほど、これが吉の運か。まだまだ前途多難。いったいいつになったら、ショウサイ福ならぬ本当のありが鯛にお目にかかれるのやら。

池波正太郎

水郷・江戸の面影はいずこに

水鳥の群れがゆったり泳ぐさまを眺め、浮きを眺めしていると、自然に心がほぐれていくのがわかる。

完全に、というわけではもちろんないが、かなり江戸気分になることができる。

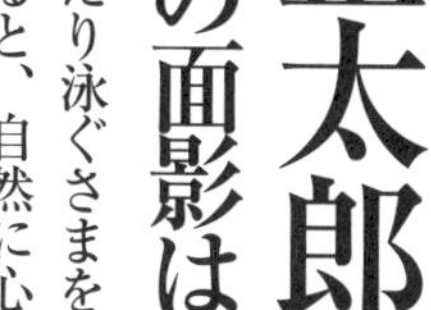

葛飾・水元公園の美しいへら鮒

いけなみしょうたろう

一九二三年—一九九〇年。東京浅草生まれ。一九六〇年『錯乱』で直木賞受賞。江戸を舞台にした小説に筆をふるった。『鬼平犯科帳』『剣客商売』『仕掛人・藤枝梅安』『真田太平記』など映画・ドラマ化されて今も人気が高い。随筆・映画評論も多数。美食家として有名。

広く共感を呼ぶ性質であるかどうかよくわからないが、私は水の気配がない場所で生活するのが苦手である。生まれ育ったのは東京の郊外だが、私が子供だった頃はそこら中に田んぼがあり、水ぬるむ季節になるとカエルの求愛の声がよく聞こえた。外で自由に遊べる年齢になると、そうした場所でザリガニ獲りに精をだしたり、少し遠出をして用水路や沼で小魚釣りに熱中した覚えもある。親が郊外で転居を繰り返し、都心部に住むことがなかったおかげで、その種の環境から離れることなく大人になり、念の入ったことには結婚後も池のある公園の近所を転々とした。このことについては、すでに中村星湖を取り上げた時に書いたので、ここでは繰り返さない。

唯一、水の気配が薄いところで長い間過ごしたのは、渋谷の繁華街そばに仕事場を構えていた数年間だ。近所に鍋島公園があって、石亀がうようよ泳いでいたが、私の「水好き」を癒してくれるほどの能力はなかった。考えてみると、本格的に釣りにのめりこんだのはその時期で、これは何かの補償衝動だったのかもしれない。

そんなタチなのだから、いっそ海辺か川辺に居を移して心安らかに暮らせばよさそうなものだが、これがまた厄介なことに都市のにぎわいも見捨てることができないというわがまま者でもあって、始末が悪い。実際、何度か田舎移住を構想したこともあるのだが、結局ぐずぐずして踏み切れなかった。一時間以内に都心部に出られるという範囲を踏み越えるふんぎりが、なかなかつかないのである。

そういう人間にとって、池波正太郎が描く江戸の街、とりわけ大川、即ち今の隅田川を大きな流れとして縦横無尽に掘割がつくられていた下町近辺のたたずまいは、理想そのものの街並みと言っていい。池波は、その代表作『鬼平犯科帳』や『剣客商売』の中で、江戸をイタリアのベニス（ヴェネチア）にも比すべき水の都だった、と書く。

鋪装もされていない悪路を、牛や馬に引かせた荷車に物資を積んで運ぶのが大変な作業だ、というのは、別に江戸の人間でなくても想像がつく。その点、都市内部に張り巡らされた水路は、よほどの風雨でないかぎり波はあまり立たないし、地面より摩擦係数は少ないし、荷車よりも船のほうが荷物をたくさん積めるし、いいことずくめである。『鬼平犯科帳』でも、富商の店に押し入って大仕事をしようという泥棒が、船で盗品を運ぼうとする場面がよく登場する。要するに、かつての江戸において水路は地上の道をはるかにしのぐ利便性を持っていたわけである。

池波作品の魅力は、人物造型の巧みさとか物語の運びのうまさとか、くだくだしい説明をせずに人間の情感を見事に切り取ってくるところとか、それはもう、山ほどある。そして、そうしたストーリーテリングの妙を一層盛り上げてくれるのが、作者の江戸造型であり、季節感満載の風景描写なのだ。

実を言うと、四十になるまで私は池波作品を読まなかった。ひとつには、愚かしいジャンル意識が邪魔をしたということがある。歴史小説は読むが時代小説は読まない（いや、たまには読みましたよ、山田風太郎とか柴田錬三郎とか）、という、それこそとんでもない事大《じだい》主義。歴史小説はきちんと史実を踏まえた上で、想像力の翅《はね》をはばたかせる方法論だが、時代小説は過去に背景を借りて現代人の情緒や考え方を反映させせただけのものだ、というよくある批評を鵜呑みにしていたのである。

私にとって歴史小説の代表的書き手は誰か、といえば、一も二もなく司馬遼太郎である。大学当時から彼の作品は、そのほとんどを舐めるように読んできた。鳥瞰図的な歴史把握と、歴史上の有名人物に思いがけない光を当てる手法に心底参っていた。「学問的正当性」を感じさせると同時に、「男の生き方とはこういうものだ」という断定に満ちた人物像を提出する方法論にしびれまくっていたのである。

馬齢を重ね、最近では司馬作品の「学問的正当性」にさまざまな疑義があることはわかっている し（といっても、作品としての価値はまったく損なわれない）、そもそも歴史というもの自体がどれほど厳密になろうとしても、結局はフィクション的な物語性で資料をつなぐことでしか、はっきりした姿をあらわさないことがしみじみわかるようになってきた。偉大な歴史学者というのは、偉大なストーリーテラーでもあるのだ。

そうした点から言うなら、池波正太郎はれっきとした「歴史小説」作家だ、と今では感じている。信州真田家の史実に材をとった作品があるとか、そういった表面的なことではなくて、資料を博捜《はくそう》した末に、十八世紀終わりから十九世紀初期までの江戸の街と暮らしをそっくりそのまま活き活きと作品に再現した後期の作品は、いわば歴史バーチャルリアリティなのである。

作者が選んでいる時代設定もニクい。十八世紀から十九世紀にかけての江戸は、太平の気分が爛熟し、庶民の生活形態も徐々に現代の私たちのそれに近づいてきていた。商品経済や物流が発達し、人々の活動時間は深夜にまで延びる。寿司や鰻の屋台が発生したのはこの時期だし、夜遅くまでやっている小料理屋などができ、いわば都会生活の原型が成立したのである。読者である私たちにとって、感情移入しやすい舞台設定なのだ。ちなみに、かのフランスでもパリにレストランがたくさんできたのは、ほぼ同時期。都市化にもシンクロがあるらしい。

若かりし頃の私は、新国劇の台本も書いていた作者の軽やかなでテンポの良い語り口にだまされて、その世界がどれほど深みを備えているか理解できなかったのだ。しかし、いったん池波正太郎の世界にどっぷりはまってしまうと、今度はなまなかなことでは抜け出せなくなってしまう。若き日に無頼を重ねたからこそ獲得し得た長谷川平蔵の鋭い洞察力と温かい情実に憧れ、あるいは秋山小兵衛・秋山大治郎父子に理想的な父と息子の関係を見て（そして、みずからの父子関係を省みて）嘆息を洩らし、などという段階はまだいい。そのうち、池波正太郎が創造した江戸世界に行きっぱなしになってしまいたくなるのだ。

こうなると、ことである。チャーリー・ブラウンが主人公（いや、ビーグル犬スヌーピーが主役か？）の漫画『ピーナッツ』に、片時も毛布を手放せない天才児・ライナスという少年が登場する。まさにあの毛布のごとく、『剣客商売』『鬼平犯科帳』『仕掛人・藤枝梅安』から手が離せなくなる。ちゃんと原稿を書いたり、対談をしたり、内心びくびくしながら偉そうな言葉を若い学生の前で吐いてみたりすることが、いやでいやでたまらなくなり、荷舟が行き交う日本橋川の船宿「加賀や」から「日増しの焼き竹輪のような」船頭・友五郎（かつては盗人・浜崎友蔵として鳴らした老人）のあやつる舟で、のんびり両国あたりまで大川を流したい、五尺をこえる大鯉・大川の隠居に出会いたい、とひたすら妄想にのめりこんでいくことになる。

こうなると、気持ちはすでにあっちの世界の住人になっていて、「なんでえ、昼間っから酒呑んで遊《あす》んでるって、いってえそれのどこがいけねえ?」などと、わけのわからない啖呵《たんか》を突然口走って、家族に呆れられたりする。頭の中では、家からすぐの掘割で釣り糸をたれ、大きな白鳥に入った冷や酒をちびりちびりとやりながら、鯉や鮒の当たりを待っているのだ。二十一世紀の高度情報化社会を生きのびる意志を、みずから放棄しているに等しい。

そう、家のそばに川があって、いつでも気がむけば日がな一日浮きを眺めていることのできる環境こそが、私にとって人間らしい暮らしということになるのである。現今の東京では、まず得難い理想だろう。

池波さんは、根っからの街っ子で、趣味といえば映画鑑賞に芝居見物、街歩きのついでに気の利いた旨いものをつまむ、といった洒脱な人である。釣りなどという泥臭い趣味は、持たなかった。事実、水の都・江戸を舞台にしているのに、釣りの場面は私が知る限りまったく出てこない。ただ、釣具屋はしばしば登場する。『鬼平……』だったら、釣具屋は火付盗賊改方の面々が、怪しい盗っ人たちを見張る場所として出てくるか、反対に悪人たちが隠れみのにする「盗人宿」として描かれるか、だいたいどちらかだ。しかし、釣具屋の内部の描写がされていることはないし、言ってみれば釣道具屋は物語の運びのうえでの単なる記号に過ぎない。別に、団子屋だって支障はないのである。このあたりは、釣り好きとしてはちとさびしい。

また、船宿は、それはもう山ほど登場するし、鬼平さん大のお気に入りの密偵のひとり粂八などは、シリーズ初期の『暗剣白梅香』事件をきっかけに「深川・石島町にある船宿〔鶴や〕の主人、という表向きの身分を得ることになる。

だが、船宿といっても当時のそれは、釣りに特化した今の船宿とはかなり違っている。そのころの江戸の町は大川（隅田川）をはじめ、いくつもの川と、縦横に通じた堀割がむすびついており、

「『……市中といへども遠路に往くには舟駕を用ふることしばしばなり。雨中の他行などにはいよいよ多し』

と、ものの本に見えているように、こうした舟便のための船宿は、江戸市中に四百をこえたといわれる。

さらに船宿は、酒も出し料理も出し、小ぎれいな部屋もあり、男女の密会などには絶好の場所でもあって、利用度がまことに多かった。」

と池波さんが書くように、かつての船宿は、タクシー会社と料理屋と会議室とラブホテル

を兼ねたようなものだったわけだ。もちろん、釣りをしたい客がいればそのニーズには応えただろうが、それが主な業務ではまったくない。現在の船宿に昔の名残を求めるとするなら、東京湾で盛んな屋形船をあげることくらいしかできない気がする。

『剣客商売』や『仕掛人・藤枝梅安』でも、事情は似たようなものだ。私の記憶違いでなければ、『仕掛人…』の主要登場人物である小杉十五郎が、自分は釣り好きだ、と藤枝梅安に言う箇所があった気がする。だが、それは舟をあやつるのがうまい理由として軽く触れられているだけであって、やはり釣り本体は登場しない。ああ、じれったい。

一点、どの作品群においても共通に（とりわけ『剣客商売』において）釣人である私の目を輝かせるのは、魚についての描写がとても多いということだ。釣りあげた瞬間のそれではなく、食べ物としてのそれなのだが、当方食い意地も張っているから文句は全然ない。

「梅安が家へもどると、見事に肥《ふと》った沙魚《はぜ》が十余尾《ひき》、笊《ざる》に入って台所に置かれてあった。（中略）台所の沙魚を見るや、梅安は、ぴちゃりと舌を鳴らした。食欲をそそられたらしい。新年を迎えたばかりの、このごろの沙魚は真子《まこ》・白子《しらこ》を腹中に抱いて脂《あぶら》がのりきっている。」（『仕掛人・藤枝梅安・殺しの四人』「おんなごろし」より）

「内臓と鱗を除いた鮒をみじんにたたき、胡麻《ごま》の油で煠《いた》め、酒と醤油《しょうゆ》で仕立てたものを、熱い飯にたっぷりとかけまわして食べる。これが鮒飯で、むろん、ようやくに下痢《げり》がとまった小兵衛が口にすべきものではない。」(『剣客商売・白い鬼』「手裏剣お秀《ひで》」より)

「大治郎が来たとき、おはるは庖丁《ほうちょう》をふるって鯔《ぼら》をさばきながら、

『不二楼《ふじろう》さんが持って来てくれたのですよう、若先生。これを串《くし》にさして、山椒味噌《さんしょみそ》をつけて焼いてねえ、そりゃあ、うまいのだから……いいところへ来なすったねえ、若先生』

と、いった。」(『剣客商売・白い鬼』「三冬の縁談」より)

「間もなく、おはるが実家から帰って来た。

『先生。お父つぁんが鯰《なまず》をとって来てくれたよ。すっぽん煮にしますか?』

『いいや、おろして熱い湯をかけてな、皮つきのまま削身《そぎみ》にして……ぬめりをのぞいてから割醤油《わりした》で煮ながら食おうよ』

『あい、あい』

すぐさま、おはるが仕度にかかる。四十も年がちがう二人なのだが、このごろどうして呼吸がぴたりと合ってきはじめたようだ。」(『剣客商売』「井関道場・四天王」より)

「そこで小兵衛は、浅草寺《せんそうじ》・門前の並木町にある泥鰌鍋が名物の〔山城屋〕で待機することにした。

山城屋は、小兵衛のなじみの店で、夜おそくまで営業をしているし、出入りにも便利である。

（中略）粂太郎は、はじめて食べる丸ごとの泥鰌鍋に瞠目《どうもく》したが、

『いくらでもお食べ』

小兵衛にそういわれ、恐る恐る箸《はし》をつけたが、気に入ったとみえ、夕闇がせまるころまでに、何と三人前もたいらげてしまったものだ。」（『剣客商売・辻斬り』「三冬の乳房」より）

「小兵衛が苦笑を浮かべ、

『手に持っているのは何だ？』

『ほら、これ……』

おはるが竹籠《たけかご》の中から鯉《こい》を一匹、出して見せた。

秋葉権現社《あきばごんげんしゃ》・門前の、別の料理屋の生簀《いけす》から買ってきたものらしい。

『ほう。これはよいな』

『洗いにして、あとは……』

『塩焼きがいいな』

『あい、あい』」（『剣客商売・勝負』「時雨蕎麦《しぐれそば》」より）

思いつくままずらずらと並べたてたが、まだまだほかにも鯛やら鱸やら、立派な魚の、まこと

に旨そうな登場場面がたくさんある。が、ここでは特に私たちの今の食卓からは少し遠くなってしまった、鮒だとか泥鰌《どじょう》といった淡水魚を抜き出してみた。掘割とか小川脇の田んぼなどで、昔ならいくらでも釣れたり獲れたりした魚ばかりである。川面から清々しい水の匂いがたちのぼってきそうだ。

この中では、鮒飯というものを口にした経験がない。調べたところ、どうも岡山の郷土料理のようだ。池波さんは、この料理を浅草の小料理屋で食べて旨いと思い、上州出身の秋山小兵衛が子供の頃なじんだ郷土料理に擬したらしい。本当に上州、つまり群馬県にこういう料理があるかどうかはさだかではないが、なにかいかにも老剣客の思い出の味という雰囲気である。

いつものことだが、こうして池波作品を読んでいると、下町の風情がある店屋で泥鰌鍋などをつついてみたくなる。で、せっかく原稿を書くのだから、長年ためらって実行しなかったことをやってみようと思い立った。『剣客商売』ゆかりの地を訪ね、下町情緒に浸ってくる、という小遠足。

なぜためらっていたかといえば、簡単なことで、要するに江戸の面影などまるで残っていないだろう場所に行ってもがっかりするだけだ、と感じていたからだ。

しかし、変わり果てている土地にだって、なにか想像力を刺激するものが残っていないとは限らない。そこで私は、小兵衛が隠宅を構えた鐘ヶ淵から、彼の若女房・おはるの実家があった関屋村のあたりを眺め、それからひょっとしたら都内に残っているかもしれない江戸風情が妄想できる川辺の釣り場を探して糸をたれ、小鮒かうまくすれば鯉などと戯《たわむ》れたあげくに、どこかの泥鰌鍋屋で、昨今は冬場しか食べられない鯰《なまず》鍋を肴に一杯やろう、という壮大な計画を立てたのである。

こうして、春一番が吹いた翌日の朝、私は東武伊勢崎線・鐘ヶ淵駅に降り立ったのである。浅草から北千住に至るまでの東武線には、業平《なりひら》橋とか曳舟《ひきふね》とか、粋な駅名が今も残る。鐘ヶ淵もそのお仲間で、どこかのお寺の鐘が隅田川と綾瀬川、荒川が合するこの淵に沈んでいるからそういう名がついた、という伝説がある。もっとも、本当は隅田川がほとんど直角に西にむけて屈曲している有り様が、大工が使う曲尺《かねじゃく》に似ていることから転訛《てんか》してついた名前だという説もあって、よくわからない。

駅前から西に向かう商店街は、下町風というよりもう少しひなびた感じで、実にのんびりしている。八百屋の店先で、おばあさんがふたり立ち話をしている風景が、私の子供時代を思い起こさせる。まさに、昭和三十年代の雰囲気だ。

大通りを渡って首都高の薄暗い高架下をくぐり抜けると、水神大橋がある。途中の和菓子屋で買った団子を頬張りながら、橋上から北側、すなわち上流の方角を眺める。たしかに、直角に曲がっている。鐘ヶ淵は、古地図によれば綾瀬川と隅田川の合流点あたりだから、水神大橋から五、六百メートルほど上手の右側になるはずだ。いうまでもなく、感動的な景色などどこにもない。見事にコンクリートで固められた川岸沿いに、無味乾燥な遊歩道がはしっているだけである。

半分目をつぶって頭の中に古地図を映写してみるが、隅田堤の外側に、島めいた感じで広がっていただろう鐘ヶ淵まわりの土地が蘇ってくる感覚はない。屈曲の向こう側には、若女房おはるの実家関屋村、現在の京成線関屋町があるはずだ。作中で、よく小兵衛がおはるの父親を呼び出して、いろいろ使いを頼む場面が出てくるが、たしかに距離的にはせいぜい三、四キロ。昔の人の足なら、すぐに往ったり来たりできる距離だろう。

肝心の釣りはというと、これはムリ。遊歩道の柵ごしにぶっ込み仕掛けでも放り込んでおけば、あるいはなにか魚がかかるかもしれないが、そんなことでは風情もへったくれもない。行き交うゴミの運搬船に糸を引っかけられておしまい、といったところがオチだろう。持ってきた鮒用の竿ではどうにもならない。小兵衛がよく出かけたという木母寺（能の「隅田川」で有名な梅若塚が境内に移築されている）に詣で、ここもまた小ぶりなビル仕様になっていることにため息をつき、別の場所を探しに出かける。

ここからが難行苦行だった。南に下った江東区の小名木川沿いに区民釣場があるらしいと聞き込んで出かけ、それらしきものを発見できずにおろおろ歩き、東に行って南砂町あたりの公園内にささやかな釣場があると教えられ飛んでいき、すでに跡形もなく埋め立てられていることを確認して涙を流し、褒められもせず苦にもされず、さふいふものにわたしはなりたい、わけはないのであって、まったく往生した。

荒川土手に出てみても、いかにも河川敷き風でいまひとつぴんとこない。茫漠と川幅が広すぎる観もある。それなら葛飾区はどうだ、と立石から青戸をこえて足立区に入るあたりまでの中川を探索。これは、風情の点ではかなりいい感じだった。両岸に葦の原がひろがり、ボートをもやった船着き場などもあって、うまく腰が据えられれば江戸気分に浸る釣りができる気がした。

ただ、問題は私の土地勘のなさだ。荒川同様、ただでさえだだっ広い川幅がある本流の、いったいどの辺に狙いを定めて竿を出せばいいのか、まるで見当がつかない。なに、気分だけなんだからどこだっていいじゃないか、という意見もあるかもしれないが、そこはくさっても釣人のはしくれ。釣れるかどうか完全なバクチ状態で竿を出す、という気持ちにはなかなかなれない。平日だということもあり、あたりには竿を出す暇人の姿はまったく見えない。釣れますかあ、などと作り笑顔ですりよっていく対象さえないのだ。

進退窮《きわ》まって必死に回転（空転？）する私の脳裏に、奇跡的にインスピレーション、忘れ去られていた記憶の断片が電光のごとく蘇った。たしか、水元公園で鮒釣りやタナゴ釣りを楽しんでいるって人に、以前会ったことがある！　あの時は、ふ〜ん、と聞き流してたけど、あの公園、たしか葛飾のはずれだったはず！

一縷《いちる》の望みを託して水元公園に駆けつけた私を、奇跡の記憶は裏切らなかった。昼下がりの陽射しの中、公園内をたゆたうごとくに流れている（のだと思う、きっと）川辺に、ぽつりぽつりと釣人がへら竿を伸べているではないか。その本流部分に流れ込む幅二メートルほどの小流れもいくつかあって、そこではおもちゃのような竿で夢中になってタナゴ釣りに興じる人々が、何人もいる。

公園ということで、また、野鳥がたくさん集まるサンクチュアリでもあるために、整備は行き届いている。大きな散歩道については、少々整備が行き届きすぎている嫌いがないではない。対岸の三郷公園にも釣人の姿があるが、あちら側は本当の市民公園そのもので、家族ピクニックにはもってこいの場所。風情はない。

だが、そういうささいな欠点に目をつぶるなら、この水元公園は理想的な雰囲気に満ちている。新中川と旧江戸川をつなぐ大場川に平行した小合溜《こあいだめ》という場所なのだが、上流屈曲部のあたりは葦が川岸にまで迫っていて、護岸のような無粋なことはしていない。前日に降った雨のせいで、足元がじゅくじゅくするのが妙にうれしい。三郷公園の敷地が切れた私有地である対岸には、古びたバラックが建っているが、これは目に入らないことにして、腰を据える。

腰を据える前に、少し下流のあたりで釣りをしていた七十がらみの釣人に探りを入れたところ、朝から釣って四十センチほどの鯉が三尾上がったとのことだったから、ちゃんと釣れる場所なのである。私は、川の水でコマセを練って団子状にし、ポイントと見定めたあたりに放り込んでいく。子供の頃習い覚えた鮒釣りの要領だ。別につけ餌を作って鉤につけ、わくわくしながら投入する。

少し冷たいが心地のいい風が、葦を揺らし、私のからだを撫でて吹きすぎていく。背後にある木立が、騒がしい都会から隔絶した気分を盛り上げてくれるし、水鳥の群れがゆったり泳ぐさまを眺め、浮きを眺めしていると、自然に心がほぐれていくのがわかる。完全に、というわけではもちろんないが、かなり江戸気分になることができる。

……そして、一時間、二時間、当たりはない。三時間、四時間。やはり、当たりはない。風がどんどん冷たくなる。私の気分も、ちょっとずつ冷えていく。ううっ、わが釣運も水元公園を思い出した瞬間に消えていたか。手元ではねまわる鮒の幻影が、背後から赤い夕陽に照らされる私の網膜の中で躍った。やはり、江戸ははるか遠くだった。

午後五時近く、とうとう私はあきらめて竿をたたんだ。多少気落ちはしていたが、しかし満足感はちゃんと残っていた。この公園の近所に住んでいる人がうらやましい（実際、私が声をかけた釣人は週に三日は自転車で来ているそうだ）と思いつつ、公園の道を歩いていると、イベントの告知らしき看板が目にとまった。近寄ってみると、小合溜の歴史について地元資料館の学芸員がレクチャーする催しについてのものだった。

私の目を強く撃ったのは、その告知に添えられていた何枚かの写真だ。明治時代、そして昭和三十年代の小合溜の写真。そこには、小舟で釣りをする人の写真があった。昭和三十年代初頭だというその風景は、しかし、釣人の服装を除けば、そのまま江戸時代といっても通りそうなものなのだ。私は、自分が生まれた頃の小合溜の景色を前に、たぶん五分くらいはたたずんでいたように思う。たった五十年足らずの間に失われてしまったものの、その大きさに、なんとなくしんみりしてしまったからかもしれない。

帰路、白川清澄駅近くの泥鰌鍋の老舗『伊せ喜』に寄った。『剣客商売』つながりを重んじるなら、創業二百年にはなる、ということは秋山小兵衛の最晩年あたりに店開きしたはずの「駒形どぜう」に行くべきだったのだが、にぎにぎしい気分よりは地味な雰囲気で行きたかったので、小ぢんまりした店を選んだのだ。

適度にざっかけない入れこみの店内に坐り、葱の小口切りを山ほどのせた泥鰌の丸鍋を肴に菊正を呑む。柔らかく煮込まれた泥鰌を噛むと、小骨がちかちかと小刻みに喉に当たって妙に心地いい。鯰のすき焼き風鍋が、酒をさらに進ませる。酔いと共に、決して手が届くことはない池波正太郎の江戸への憧れが、一段と深くからだに染み込んでいくのがずしりと実感できた。

釣東京224

photo by Junji Takasago

余は如何にして
釣人となりし乎《か》

「釣人」とは、読んで字のごとく「釣りをする人」のことである。縦に書こうが横に書こうが、それ以上の意味をこの言葉から読みとることはできない。できるはずもない。

にもかかわらず、どうも私はこの「釣人」（新かな遣いの「釣り人」では、今ひとつ雰囲気に欠けるので、こちらの表記を使わせてもらう）なる呼称に、むりやりにでも陰影をつけたくなってしまうのである。全日本、あるいは全世界の釣りを愛する人々から、囂々《ごうごう》の非難と石つぶてを浴びせられるかもしれないのだが、ただ釣りをするから、好むからといって、その人物を「釣人」とは呼びたくないという気分が、頑として私の内部にいすわっているのだ。

そういう思考回路のせいで、たとえば、立入禁止の突堤などに入り込んで釣りをする者のことを、新聞記事などが「釣り人」と書いているのを見かけると、通りすがりの人に面罵されたかのような言いしれない憤りを感じる。ああいう行為におよぶ人物に対して、同好の者として恥ずかしさをおぼえる、ということもあるのだが、それよりなにより、「釣り人」という言葉自体がけがされたという思いに駆られてしまう。

いや、もちろん、奇妙きてれつな物言いをしているという自覚はある。あるのだけれど、押しとどめようがないものは仕方ない。せめてもの救いは、記事が「釣り人」と新かなになっている点である、などと、さらに奇妙な思考を重ねてしまう自分に呆れはてる。まことにおかしな偏執というほかない。

　釣りをする者の呼称としては、ほかに「釣師」というものもある。だが、こちらは、少なくとも私にとっては、「釣人」のようなゆらぎを感じさせない単語だ。

　中国古代の周王朝で二千五百人の軍団を表した「師」は、やがてそうした集団を統率したり、導いたりする人物を指すようになり、さらにくだって特別な技能を持つ者をあらわす語になった。軍師、技師、医師、楽師、導師、仏師、庭師、教師、そして釣師。要するに、他人に教えるほどの技能を持っている人間が「師」なのであり、意味内容はすこぶるはっきりしている。

　私は大学の教員として禄《ろく》を食《は》んでもいるので、まさしく教師であるが、しかし、「特別な技能」などといわれると、斜め四十五度上方の空《くう》を見つめてしらないそぶり。さらには、うまくもない口笛を吹いてごまかそうかという、往年の日活映画はエースのジョー＝宍戸錠のヘタなイミテーションのごときふるまいにおよびそうになる。「内心《ないしん》忸怩《じくじ》」という四文字熟語は、まさにこういう時のためにあるわけだ。

　それでもまあ、「釣師」よりは「教師」の私の方がまだマシだ。そりゃあそうである。五本しか付けていないイカヅノ仕掛けでさえうまく扱えず、手前まつりで大混乱。やっとほどけて投入器にセットして、いざ投入。あっ、仕掛けが船べりに引っかかっていた！　百二十号の錘《おもり》だけが孤独に宙を飛び、はるか遠くの海面に落下して、どぶんとむなしい水音をたてる。

念入りに寄せ餌をまき、さあ巨べらの引き味《あじ》を堪能《たんのう》せん、と仕掛けを投げ入れようとした瞬間、タナ合わせがズレていたことに気づき、あわてて調整しようとする。しかし、長い竿をもてあまして自分のシャツを釣ってしまう。これはいかんとあせり、ぴんと張ってしまった仕掛けをゆるめようと長く繊細なへら鮒専用の浮きをつかんだ途端、パキッと、はかなく軽いイヤな音が響く。一金千二百円也が、かくて成仏。

もっとも好む釣りであるフライフィッシングにしてからが、干支ひとまわりを超える研鑽によっても、いっこうに上達しない。キャスト三回・一ウインドノットなど、まだいい方だ。投げた十六番のパラシュートフライを視認できず、天然自然に流下する羽虫をおのが毛鉤と見間違え、おっ、喰った！！　と欣喜雀躍《きんきじゃくやく》ラインを勢いよく引いて合わせれば、とっくの昔に下流に流れていたわが擬似鉤が、あさっての方角から飛び戻ってきて、かぶっている帽子を釣りあげてくれる。その他、竿飛ばし技、リール落とし流し技、竿先へし折り技などなど、決して他人に伝授すべきでない技能を、私は数多く修得しているのである。

こういう禁断の技ばかりに長じた人間を、「釣師」などと呼んだら言語《げんご》紊乱《びんらん》のそしりをまぬがれまい。それはたしかに「へぼ釣師」なる批評的用語もあるにはあるが、「へぼ」にも暗黙の下限があるはずで、入試における足切りと同様のことが無意識のうちに行われているものだと信じる。ということで、「釣師」と呼ばれるには、釣りの初心者になんらか益ある教えを授けられる能力がなくてはならないことが証明できた。釣り愛好家の諸賢は、以後この定義によろしく注意を払ってくださるよう、ここにお願いしておく。

さて、本題の「釣人」。

極私的観点では、無邪気な釣り好きから「釣人」への移行は、思春期以前にはまず起こりえない。もちろん、厳密な心理学的データを取ったうえで述べているのではなく、小林秀雄的断定にもとづく印象論であるから、いやいや私は生まれながらにして「釣人」であった、と主張する人がいる可能性はあるだろう。しかし、それは統計学的に極微《ごくび》の偏差として処理しうる主張、すなわちきわめて稀な例に過ぎない。そして、その断定にもとづき、あえて言ってしまおうと思う。子供は、「釣人」にはなれない、と。

エデンの園がどのような楽園であったのか、旧約聖書をひもとくと、主エホヴァは「見て美しく、食べるに良いすべての木を土からはえさせ」（口語訳「創世記」）て、その木にみのる果実を食べ放題にしてくれた、と描写されている。しかし、この程度の漠然とした描き方では、楽しさはほとんど伝わってこない。いろいろな生き物すべてに名前をつける権利をくれたからといっても、こうぼんやりとした印象しかない楽園では、ヘビにそそのかされなくとも、退屈のあまり善悪を見分ける木の実に手を出したくなるのは、当然のなりゆきである気がする。

聖典の民にはまことに申し訳ない言い草だが、そんなエデンの園よりも、水辺と雑木林を駈けまわって過ごしたわが幼少年期の方が、はるかに数多くの楽園的瞬間に恵まれていたと思う。とりわけ、生きものを相手に狩猟本能を満たしている時のあの「夢中」は、夢の中という文字が喚起する、漠然とした夢遊的イメージよりもはるかに鋭く鮮烈だった。年々歳々急速に衰えていくわが記憶の中にあって、少年の日々の「夢中」は、一瞬の永遠、限りなき無時間性に包まれた至上の悦楽として深く刻みこまれ、消えることはない。エデンの園において約束された不死を無時間性としてとらえるなら、あの「夢中」の日々を楽園と考えても不都合はないだろう。

多摩川は是政あたりに、かつてはいくつもあった沼、というか大きな水たまり。ジャリ穴と総称されていたそうした水たまりは、明治期から長く都心の道路やビルを建設するために採取された砂利の採掘跡地に水が流れこんでできあがったもので、ハヤ、クチボソのような小魚や、大きな鮒、鯉などが棲みついて格好の釣場になっていた。

いわゆるドン深になっているせいで、毎年夏場などにはそうした場所で、よく子供が溺れた。

そのため、学校からは大人の付き添いなしに行ってはならないとの禁令が発されていたが、三尺の大鯉が釣れた、などという噂が流れれば、必ず好き者の大人がつめかける。そんな大人のひとりが、小学校二年になったばかりの私を連れていってくれたのが、ちゃんとした竿を使った釣りの初体験だったとおぼえている。

十五センチほどの真鮒をはじめて釣りあげた瞬間の、驚天動地の感覚は、今もスライドショーのように脳内に映写することができる。沈み石が頭を出しているポイントの情景、そこに仕掛けを届かせようと一所懸命になる私の手、視野の隅に水際を這う大きなアメリカザリガニ＝真っ赤チンをとらえ、浮きと真っ赤チンの板挟みで千々に乱れる少年心。そしてやってくるあの瞬間。

以来、私は「あの瞬間」が放出するけた違いの愉悦のとりこになった、といっていいだろう。なにと比べてのけた違いかといえば、たとえば、近所に住む年上の友だちとのプロレスごっこ、鬼ごっこ、缶蹴りｅｔｃ.、要するに、私と同族であるニンゲンたちとの、一定の規則にのっとった遊びのすべてと比較してけた違いなのだった。いや、釣道具を通して魚君と知り初《そ》めてからは、トカゲ掴みや蛇探しでさえも、多少色あせた。トカゲ君については、はなはだ多い確率で尻尾だけをもぎ取ってしまう不達成感（といくぶんかの罪悪感）が意欲を削《そ》いだのだし、蛇君の方は、当時私が住んでいた東京都下三鷹市がいかに田園的であったにせよ、藪こぎその他の苦役が甚大な割りに成果、すなわち蛇との邂逅《かいこう》が少ないところが難点だったのである。

とはいえ、私はまだ一個の「釣童」に過ぎなかった。漢語風にチョウドウと読んでも、あるいはツリワラベと訓じてもよいのだが、なにやら雅号めいてもいるこの「釣童」（実際、雅号としている人もいるようだ）という言葉は、要するに私の造語である。この語の力点は、言うまでもなく「童」の部分におかれている。すなわち、遊びがもたらす愉悦を、無邪気かつ無思慮に受け入れる者のことを指している。別の言い方をするなら、妙な哲学的・文学的思念によってみずからの喜びを穢《けが》さない存在、ということになるだろう。さらにつけくわえるなら、「童」が真に「童」たりうる遊びは、人間の手になる遊戯・ゲームの類いではなく、自然を相手にしたどこか原始的なものだと、独断したい。

「釣童」（夏休みには、これに加えてカブトムシとクワガタ捕りに狂奔する「虫童」の要素が加わった）としての私の時代は、おおよそ四年ほども続いたろうか。この頃、母方の親戚が多く住んでいた沼津で夏休みを過ごした日々は、まさに毎日が楽園だった。朝起きる。のべ竿をかつぎ、ポリバケツを持つ。港湾への途上にある釣具屋に寄り、もらった小遣いで冷凍コマセのブロックを買う。あとは、一路魚市場脇の突堤へ。顔なじみになった暇な釣りおじさんたちになぶられたり、親切にされたりしながら、炎天の一日をボラやカワハギ、まれにクロダイの子などを相手に過ごす。

今も鮮明におぼえているのは、ソウダガツオの大群が、一尾一尾真っ青な弾丸となって整然と湾内になだれ込んできたある午後の映像だ。ぐるぐると回遊する美しい群れを前に、彼らを捕捉するに足るだけの道具を持ち合わせていない私は、ただもう地団駄、切歯扼腕《せっしやくわん》だった。と同時に、自然からの偉大な使者としか思えないソウダガツオたちの荘厳に、甘くふるえるような恍惚を味わっていた。

「釣童」の季節が四年ほどで過ぎたことは、半世紀以上生きた現在の感覚で考えると、いかにも短いような感じがしないでもない。なにしろ、昨今では一年が一日のごとく、というとおおげさかもしれないが、とにかく時間が経つのがはやすぎる。時が蟻地獄の巣のようになっていて、いくらあがいても自分は上にあがれないくせに、足もとの砂＝時間だけはいたずらに落ちていってしまう。そんなあせりに囚われることもしばしばだ。

が、すでに述べた「釣童」の性質について思いかえすと、「短いよう」だ、という今の私の感覚は当たらないのかもしれない。愉悦の一瞬が永遠に換算されるとするなら、それ以外の時間は存在しないも同然なのではないか。たしかにあの頃、次なる「釣童」「虫童」「ザリガニ童」

になるまでの期間は、単なる間奏曲、さっさと過ぎてくれればありがたい時間、別の言い方をするなら「死んだ時間」でしかなかった気がする。とすれば、四年という時間も「死んだ時間」と「一瞬の永遠」で構成される以上、結局は楽園的無時間として認識されるほかない。

実際、当時の記憶のかけらとして苦労せずに思い浮かべられるのは、すべて「釣童」として活動していた場面ばかり。親しい友だちもいた(憧れていた女性教師も!)のだから、たとえば学校の運動会とか遠足の映像などが脳裏をよぎってもよさそうなのだが、これが皆無。すべてが魚やら虫やらそういった生きものの大写しばかりで、なにやら憮然とする。

いずれにせよ、「死んだ時間」などというものを持ちうる贅沢は、どんな時間でも惜しい五十過ぎの男には、まことに嘆かわしくもうらやましい豪勢であり浪費でもあるのだが、しかし、楽園とはそうした無慈悲で無邪気な輝かしい浪費の中にこそあるのだろう。そして、それが、私に許されている時間の中ではすでに「永遠」に失われてしまった以上、むしろそのような浪費が存在し得《え》た事実をこそ言祝《ことほ》ぐべきであるにちがいない。

さて、四年あまりの月日を閲《けみ》した「釣童」時代は、突然に、ではなく徐々に静かに変質を遂げた。その変質についてあれこれまさぐっていると、クラスメートの父親が経営していた室内釣堀の情景が浮かんでくる。十五メートルプールほどの大きさの水槽がしつらえられた、ぬるっと湿って水臭い匂いがこもるプレハブの室内。水槽のふちに固定されたアルマイトのボールには砂が入っていて、指でさぐると餌のサシがもぞもぞと動きながら何匹もあらわれる。もうハエになりかけて、サナギになりかかっているものもいる。そんな中から太って食いの良さそうなサシを選び、鉤に刺す。狙うのは、近所の小学生のあいだで垂涎の金兜《きんかぶと》。兜のような紋様が頭部に浮きでた金色の鯉だ。

友だち何人かと楽しく真剣に浮きをにらみ、当たりを見逃さずに鯉の引きを味わう。釣りあげた鯉が黒い普通の体色であれば、あ〜あ、と落胆の声を上げ、金ではなく銀兜だと歓声をあげながら、次こそは金兜を釣るぞ、とうそぶく。だが、うそぶきつつも、かつてほころびることなく「釣童」だった時の「夢中」は、そこには見当たらない。すきま風のようなものが、うそぶく声音の彼方から吹きつけてくる。十歳を過ぎたくらいの私には、そのうそ寒さはまだきちんと実感できはしないのだが、それでもどこか居心地が悪い。室内釣堀のこもった空気のように抜けがよくないのは、肌で感じていたようにおぼえている。

なぜそうなったかについては、さして洞察はいらないだろう。社会が私に迫りつつあったからだ。親が別段なにも言わなくとも、学校での暮らしにそれほどの変化がなくとも、人間の社会に一個の実存として組みこまれねばならない「将来」が、「釣童」から「夢中」を奪いつつあった。愉悦がそれ自身として独立した存在であることをやめ、社会に対してなんらかの義務を果たした報酬として与えられるとか、あるいは、社会からこうむるなんらかのストレスを相殺するものとしてあるといった、規範的幻想が私の前に姿をちらつかせはじめていたのだ。

ここから先は、憂鬱な道行きだ。遊び仲間たちと金兜釣りに興じるようになった頃から、私は川や海の釣場に行くことが少なくなっていった。よく自転車ででかけていた石神井公園、善福寺公園といった公園釣場にも、ほとんど足を向けなくなった。代わりに、妙に色気づいたせいもあって、日曜日には当時流行《はや》りだったサッカースクールに通い、そのハードな練習で成長期の関節を痛めると、今度は勉強もできないくせにとんちんかんにも中学受験に挑み、どういう風の吹き回しかビリの方にひっかかって中高一貫校に進学し、基礎学力の不足で中学三年間を息もたえだえに過ごす、といった人生の道程を歩んだ。

ただ、「釣童」から転落していったこの期間、それでも釣堀だけにはよく通っていた。というより、釣堀にしか通えなかった、と表現した方が正確だろう。みずからを取り巻く世界を、さまざまな劣等感越しに眺めるようになり、さして優秀でもない自分がかつてのような輝かしい愉悦を味わう資格がないのではないか、という疑念にとりつかれてしまった私は、つまりは、取引をしたのである。釣れるかどうかもわからない天然自然の釣場にでかけることは、本当に覚悟のある者のための奔放な楽しみ方であり、自分ごときはまず間違いなく釣れる釣堀に腰をおろすのが分相応だ、といういささか奇妙な論理。それが、私なりの取引だった。

こういう奇妙な屈折が、釣り好きを「釣人」に変える入り口なのである。自分がどの程度の愉しみを求めてよいのかをためらいがちに計測しつつ、おそるおそる、きわめて損《そこ》なわれやすい歓喜への期待の炎《ほむら》を心のうちに秘めて、竿を出す。つまり、なんらかの屈託があって、それを癒すために釣りに興じる、という論理を持ちだす時、釣りをする者は「釣人」に変容するのだ。こう仕事が忙しくちゃ、かえって効率も上がらないし、釣りにでも出かけてリフレッシュするか、などと誰にいうともなく呟く瞬間、「釣人」が出現するのである。

もちろん、このような腰の引けた論理など一顧だにせず、大人になってもあくまで「釣童」の楽園に固執せんとする人々、「本当に覚悟のある」人々は、ちゃんと存在する。釣りを主題にして人気シリーズになった映画のタイトルにならうなら「釣りバカ」、昔ながらの言い方ならば「釣狂」と呼ばれる釣り好き、というより、釣り信者ともいうべき人たち。この人々は、恍惚を得ることを何かのために割り引いたりすることは、決してしない。むしろ、みずからの信仰心の強固さを周囲に見せつけることによって、その存在を認めさせる、もしくは大目に見させる、もしくはあきらめさせる。そして、孤立も怖れない、あるいは、孤立を仕方ないものとして受容する。

心の底から残念に感じているのだが、私は右の人たちのような巌のごとく堅い信念を持つことはできなかった。どのような障害が立ちはだかっても、必ずや釣場にたどりつき楽園の恩寵を享受する、そうした強さを保持できなかったことは、手痛い敗北として私の十代に刻印されている。いや、それどころか、事態はもっと悪かった。高校に入った頃から、私は釣りそのものからさえ遠ざかりはじめたのだ。

理由を挙げていけば、それはもう、切りがない。というより、これが信仰薄き者がたどる典型的な道筋だと言える。あえて大きな理由をひとつ述べるなら、『フィッシュ・オン』との邂逅がそれだろう。開高健のこの歴史的名篇にケチをつけようなどというつもりは、毛頭ない。むしろ、この壮大な釣り紀行があまりに名篇過ぎたがゆえに、私の脳内に幻想の帝国が生まれてしまったのだ。ああ、こんな釣りを自分もやってみたい、世界を飛び回って大魚と死闘を繰りひろげたい。そう思いつめつつ何度となく読み返し、妄想を広げているうちに、自分の手に入れられる範囲の釣りなど、どうでもよくなってしまったのである。以来二十数年間、私の釣りはほとんど幻想の釣りと化したのだった。

いわば背教者であったこの期間の私について語るべきことは、ほとんどない。夏の時期、友人や家族などと海に出かけた際に、ヤスを片手に素潜りで小魚を突いたりすることはよくやっていたが、あれはバーベキューの前哨戦、ちょっとした食料調達といったものに過ぎない。「釣童」よりもさらに原始的な楽園への回帰のようにも一見感じられるが、そうではない。ヤスのひと突きには、釣りがもたらす不可思議なおののきがない。あるのは、晴朗な狩猟本能の満足だけである。そして、それを子供のように純粋に享受するには、私はすでに歳をとりすぎていた。いきおい、獲物の多寡だけに心を逸《はや》らせる野暮におちいるのみだった。

そして、四十を目前に控えた頃、フライフィッシングという未体験の技法を習いおぼえることによって、私は釣りの世界に舞い戻った。帰り新参ともいえるこの復帰は、もちろん、いうまでもなく、「釣童」の復活ではありえなかった。すでにあまりにも多くの妄念製造機が、身内に巣喰ってしまっている私なのである。誰に向かってしているのかもはっきりしない大小無数の言い訳やら、何に対していだいているのかよくわからないうしろめたさ（この「うしろめたさ」については、二〇一一年に刊行した『本に訊け！』所収の「趣味は釣り」で詳述している）やら、至純の釣りを味わうには不純物が多すぎる。

しかし、もはや「釣狂」になる道も閉ざされ、「釣師」になるべく修練を重ねる根気も意欲もない私は、帰り新参後の十数年を自分なりの「釣人」になることに費やしてきた。それは、釣りをリフレッシュには使わないという原則を守ること、である。別の言い方をするなら、みずからの屈託を解消するために釣りの愉悦を消費する、という交換取引の形態を採用しないということ。

その代わりに私が行うのは、釣りの時間の結晶化と積立《つみたて》である。屈託と引き換えにすれば、釣りの愉悦ははかなく消え去るか、少なくとも大幅に目減りする。先の短い「釣人」人生で、そんなもったいないことをするわけにはいかない。日々の屈託など、なにほどのことがあろうか。一瞬明滅する光芒のごとき釣りの愉悦、極微の時間を凍結して身のうちに貯めこんでいく。その時間を集積しつづけることによって、いつの日かついには「釣童」における楽園的無時間性に対抗する愉悦の膨大な積立が、「釣人」の時間として屹立するのだ。

と、力んではみたものの、まあ、絵に描いた餅というところは大いにある。釣りに行けば、思わずリフレッシュしてしまうものだし、別段そうしたところで楽しい記憶が色あせるというものでもない。第一、釣りの記憶をいくら積んだところで、かつて「釣童」だった時のあの忘我を再現できるはずはなかろう。要するに、私はぐずぐずと七面倒くさい「釣人」の理屈を、ここまで念入りにこねてきたにほかならないのである。さらには、それを文章という形にこねあげる苦行を通じて、釣りの愉悦をなにやら深遠なものに仕立てあげようとしているのである。まことに言語道断なふるまいというほかない。

だが、「釣人」というのは、まさにそういう存在なのである。単に楽しめばいいだけの釣りを、わざわざ文章に書き留めた「釣人」の先達たちもまた、こうした厄介な業に突き動かされていたにちがいない。仰ぎ見つつも、お気の毒、と申しあげておくことにしよう。もちろん、これからのわが「釣人」時間にむけても。

あとがき

ああ、いつの日かこんな釣りを自分もやってみたい。開高健の『フィッシュ・オン』を読んで、そんな夢想を紡いでいたのは十代半ばの頃のことだった。それから二十数年を経て、そっくりそのままというわけではもちろんないが、幸運にも開高さんのひそみに倣《なら》うような釣旅を何度か経験することができた。そうなると、ついつい図に乗る私である。開高さんだけでなく、釣りを好んだ他の文人たちとも遊びたくなってしまった。

まことに自分本位なそうした私の気分を具体化してくれたのが、株式会社シマノの釣具部門の広報誌『フィッシング・カフェ』だった。この雑誌では、最初インタビュー特集のホストなどを担当していたのだが、それが一段落する時に、次はなにをやりましょうか、と訊かれた私は、躊躇なく釣り好き文人たちとの戯れを文章にしたいと申しでたのである。こうして、二〇〇三年の冬号から二〇〇七年春号まで『フィッシング・カフェ』誌上で、私は十四人の文人と存分に遊ぶことができたのだった。

本書にまとめたそのラインナップを見ればわかるとおり、「釣りを好んだ」という枠組みに入らない文人もかなりいる。その点では、『文豪たちの釣旅』というタイトルは、いくぶん羊頭狗肉《ようとうくにく》のおもむきがあるだろう。しかし、わがまま勝手な人間が書き手であることをご賢察いただいて、なにとぞご容赦くださるようお願いしたい。

さて、私の個人的欲求の結晶ともいうべきこれらの文章を、単行本という形で世に出すことができたのは、ひとえにフライの雑誌社の代表・堀内正徳さんのご尽力による。

雑誌連載が終わったあと、なかなかうまい機会が捉えられず、この遊びの記録はたなざらし状態になっていた。私自身も、いささかマニアックに過ぎるかもしれないから仕方ないか、と半ば単行本化をあきらめていた。

だが、昨年、すなわち二〇一一年の年末に一念発起して、まったく面識のない堀内さんに、こういう文章があるのだが、一冊にまとめていただけないか、という手紙を書いたのである。『フライの雑誌』は折々愛読していたし、堀内さんのブログ「あさ川日記」も楽しく読ませてもらってはいたが、いきなり「本にしてくれないか」は、われながら乱暴極まると呆れる。しかし、この乱暴者を堀内さんはがっちり受けとめて、まことにうれしい形にまとめあげてくださった。どれほど感謝してもしきれない気持ちである。心から御礼申しあげたい。

もうひとり、感謝したい人がいる。『フィッシング・カフェ』連載時に、コーディネーター兼エディターとして終始伴走してくれた福田ナオさんだ。彼女は、TVタレントでもあるので、出世魚のように時々名前が変わる。釣りの業界では、あるいは福田千穂という名前で記憶している方も多いかもしれない。

福田さんは、私にフライフィッシングの手ほどきをしてくれた、いわば師匠にあたるのだが、雑誌連載時は私の勝手放題な思いつきを実現するために、豊富な人脈を駆使し巧みな手腕でサポートしてくれた。彼女の差配があればこそ、私は気楽に大名気分で文人たちと遊ぶことができたわけで、そう考えれば『文豪たちの釣旅』の共同制作者といってもいいかもしれない。御礼申しあげる。

内容についてひとこと。

単行本化するにあたって、かなりの加筆・訂正をおこなった。が、初出時の雰囲気は、なるべく損なわないように注意を払ったつもりである。たとえば、「カムイの輝く光を浴びて」の冒頭、イトウをはじめて知った経緯について述べている部分は、記憶の時系列その他が混乱しているのだが、あえて訂正しなかった。『釣りキチ三平』に関しては、七十五年に単行本化された『O池の滝太郎』の一場面を、二年後に発売された『イトウの原野』と取り違えているし、開高さんの『白いページ　I』は七十五年刊なので、むしろ『釣りキチ三平』のイトウ篇より早い。

また、単行本化に際して書き下ろした「余は如何にして釣人となりし乎」は、言わずもがなだが、内村鑑三の著作タイトルをいただいたものだ。キリスト教信者と釣り信者をダブらせる軽い冗談のようなものだが、意外に私自身のまじめな気分が反映されている気がする。

それから、とりあげた著者のなかでただひとり存世されていた佐々木栄松氏が、今年になって世を去られた。逝去に先立って、二〇〇九年に釧路ステーション画廊も閉じられた。無常のならいとはいえ、哀切のそくそくとして迫るのを感じる。

二〇一一・三・一一の大震災、とりわけ福島第一原発の事故によって、私たちが住むこの国は、すべてにおいて、これまでとはまったく異なる状況に足を踏み入れることになってしまった。本書は、釣りというごく他愛ない娯楽について書かれたものではあるが、しかし、「朝露の一滴にも天と地が映っている」とも言う。お手にとってくださった方に、そんな一滴が届けば、と願っている。

大岡玲

初出一覧

季刊『Fishing Café』誌掲載時の原稿に加筆

開高健　六十五センチの幻　VOL.13（2003年12月）
幸田露伴　なんちゃって文豪、鱸釣りに行くの記　VOL.14（2004年3月）
井伏鱒二　山椒魚の憂鬱　VOL.15（2004年6月）
坂口安吾　釣師という人種　VOL.16（2004年9月）
戸川幸夫　自然は平等である　VOL.17（2004年12月）
岡倉天心　夢を釣る詩魂　VOL.18（2005年3月）
福田蘭童　乾いた不思議な笛の音が…　VOL.19（2005年6月）
山本周五郎「ぶっくれ」で「ごったく」で、でも、いとおしいこの世界　VOL.20（2005年9月）
佐々木栄松　カムイの輝く光を浴びて　VOL.21（2005年12月）
中村星湖　釣りは性欲の変形？　VOL.22（2006年3月）
立原正秋　釣りで人は救われるか？　VOL.23（2006年6月）
尾崎一雄　大きいことはいいことだ？　VOL.24（2006年9月）
森下雨村　ありがタイのかフクの神　VOL.25（2006年12月）
池波正太郎　水郷・江戸の面影はいずこに　VOL.26（2007年4月）
余は如何にして釣人となりし乎　書き下ろし

著者略歴　**大岡 玲**（おおおか・あきら）

１９５８年、東京都生まれ。東京外国語大学外国学部イタリア語学科卒業。同大学大学院外国語研究科科ロマンス系言語学修士課程修了。８７年「緑なす眠りの丘で」で作家デビュー。８９年に『黄昏のストーム・シーディング』で三島由紀夫賞を受賞。９０年「表層生活」で第１０２回芥川賞を受賞。小説以外に書評、美術批評、映画批評、グルメ、釣りエッセイ、イタリア語翻訳などを手がけている。最近刊に『本に訊け！』（光文社）。２００６年より東京経済大学教授。

文豪たちの釣旅

２０１２年６月10日発行

著者　大岡 玲

編集発行人　堀内正徳

発行所　（有）フライの雑誌社

〒191-0055　東京都日野市西平山2-14-75

Tel.042-843-0667　Fax.042-843-0668

http://www.furainozasshi.com/

印刷所　（株）東京印書館

Published/Distributed by FURAI NO ZASSHI　2-14-75 Nishi-hirayama,Hino-city,Tokyo,Japan